DAVID MONTEAGUDO

MARCOS MONTES

BARCELONA 2010　ACANTILADO

Publicado por
ACANTILADO
Quaderns Crema, S.A.U.

Muntaner, 462 - 08006 Barcelona
Tel. 934 144 906 - Fax 934 147 107
correo@acantilado.es
www.acantilado.es

En la cubierta, ilustración de Leonard Beard

ISBN: 978-84-92649-66-2
DEPÓSITO LEGAL: B. 33 164-2010

AIGUADEVIDRE *Gráfica*
QUADERNS CREMA *Composición*
ROMANYÀ-VALLS *Impresión y encuadernación*

PRIMERA EDICIÓN *octubre de 2010*

CONTENIDO

PRIMERA PARTE

EL ACCIDENTE

7

SEGUNDA PARTE

LA PEREGRINACIÓN

17

TERCERA PARTE

EL DIÁLOGO

75

CUARTA PARTE

EL DILEMA

91

QUINTA PARTE

LA LUZ

113

A mis padres

Esto no puede ser—replicó Don Quijote—,
porque allá me anocheció y amaneció; y tornó
a anochecer y amanecer tres veces; de modo
que, a mi cuenta, tres días he estado en aquellas
partes remotas y escondidas a la vista nuestra.

MIGUEL DE CERVANTES
Don Quijote de la Mancha
Parte II, cap. XXIII

EL ACCIDENTE

Marcos Montes se despertó unos minutos antes de que sonara el despertador. Oyó entre sueños el ruido de una puerta, y después, ya desvelado, los gemidos y los resoplidos de esfuerzo de su mujer para meterse de nuevo en la cama, trabajosamente, acomodando su vientre abultado, en el que desde hacía algunos meses maduraba y se removía una nueva vida. La rutina, el paso de los días y de los meses, había convertido ya en cotidianas todas esas mágicas alteraciones, como había hecho difusa y prorrogable la conciencia—tan intensa, tan novedosa en un principio—de su futura paternidad.

Ya no se volvió a dormir. Había soñado algo aquella noche; algo impresionante y conmovedor que ahora no conseguía recordar. Tan sólo conservaba la atmósfera del sueño, una vaga sensación, huidiza como un perfume, que se esfumaba cada vez que tiraba de ella, intentando sacar por ese hilo todo el ovillo del sueño. Pero el despertador estaba a punto de sonar; así lo decían los cuatro dígitos que fulguraban en la oscuridad como pequeñas brasas, a medio metro de su cabeza. Sin encender la luz, sin hacer ruido, Marcos Montes se incorporó y se puso las zapatillas, paró el despertador y salió de la habitación todavía adormecido, en completa oscuridad, guiándose por el tacto y la memoria del espacio mil veces recorrido.

La puerta no distaba más de cuatro o cinco metros del borde de la cama. Marcos llegaba hasta ella buscando primero la pared, y desplazándose por ésta hacia su izquierda, hasta que en algún momento su mano tropezaba con el pomo de la cerradura. Pero en esta ocasión ni la puerta ni el pomo aparecían por ningún lado, y Marcos tuvo por unos instantes la sensación de que la pared continuaría indefinidamente, en la oscuridad, con su tacto granuloso y frío. Entonces se detuvo un segundo, sonriendo ante su propia torpeza, y pensó que probablemente había errado su primera trayectoria, al salir de la cama todavía aturdido por el sueño; y que había alcanzado la pared mucho más a la derecha de lo que imaginaba, en algún punto cercano al armario, que ocupaba una esquina de la habitación.

Estaba pensando que sí, que seguramente eso era lo que había ocurrido, y movía las manos en un radio cada vez más grande, y cada vez más deprisa, y al hacerlo producía un desagradable sonido en la pared, cuando su mano izquierda golpeó fuertemente contra un objeto duro. Era el pomo de la puerta. Marcos lo giró con cierta premura, desdeñando el dolor que el golpe le había producido, y se encontró, como cada día, en la semioscuridad del pasillo.

Aquí ya se distinguían vagamente los contornos de

los objetos, y en las ventanas brillaban los alfilerazos de la iluminación nocturna que se colaba por las rendijas de las persianas. Marcos Montes apretó el interruptor de la luz, y toda la magia de la penumbra desapareció de golpe, sustituida por la fealdad amarillenta de un interior en desorden, despertado a destiempo, con el olor a rancio de la cena enfriado en el aire.

Marcos Montes empezó a repetir maquinalmente los gestos cotidianos del sumario aseo, del frugal desayuno, cruzando en su adormecido ir y venir frente al televisor que encendía cada día por costumbre, sin prestar atención a lo que estaba emitiendo. Lo ponía con el volumen muy bajo, para no despertar a su mujer ni molestar a los vecinos. De esa forma, el sonido de la emisión se convertía en un bisbiseo constante del que sólo se distinguía de vez en cuando una palabra suelta, que no parecía guardar ninguna relación con las imágenes coloridas y cambiantes que Marcos veía por el rabillo del ojo, distraídamente, en cada uno de sus desplazamientos por la cocina. Oyó «legumbres y hortalizas» y vio, o le pareció ver, una escena de guerra, o de catástrofe; unas mujeres llorando y gesticulando al paso de unas camillas con heridos. Marcos Montes veía el televisor, pero no lo miraba. En realidad tampoco miraba las cosas, los útiles que manejaba a diario para prepararse el desayuno. Su mente vagaba, ocupada en ideas fugaces, caprichosas, que nada tenían que ver con los objetos que le rodeaban.

9

No era infrecuente que actuara en estos primeros minutos del día como un autómata, mientras su mente divagaba en mil pequeñeces; pero esta vez le ocurrió algo muy curioso: sus movimientos se hicieron cada vez más lentos, sus acciones se fueron dilatando en el tiempo, innecesariamente, hasta que perdió por completo la noción de lo que le rodeaba, hasta que se sorprendió a sí mismo con el azucarero en una mano y la cuchara en la otra, cargada de azúcar, inmóvil, sin que pudiera decir cuánto tiempo llevaba en esa actitud. Con un rápido movimiento de cabeza, miró el reloj que colgaba de la pared. Cinco minutos. O una eternidad, como en un cuento que había leído hacía tiempo y ahora se hacía presente en su memoria.

Marcos puso el azúcar, removió de forma expeditiva, y se sentó a la mesa, con la taza humeante entre las manos, dispuesto a paladear el único minuto de verdadero descanso que se concedía diariamente cada madrugada, mientras apuraba el café, antes de ajustarse las últimas prendas de abrigo para salir al exterior.

Mientras bebía el café a pequeños sorbos, y para que su mente no volviera a irse por las ramas, se obligó a pensar en lo que le esperaba dentro de unos minutos: la entrada a la mina y la sala del elevador, con su luz fría y estremecida. Entonces se acordó del sueño: el sueño que había tenido aquella noche, antes de despertar, y que se había borrado temporalmente de su memoria. Recreándolo, sumergiéndose de nuevo en su atmósfera intensa y evocadora, se puso la cazadora y los guantes, y salió a la calle.

En el sueño él conocía a su hijo; pero éste ya era un hombre hecho y derecho, que bromeaba con otros compañeros a la entrada de la mina. Marcos no se reconocía, no veía nada familiar en ese joven despreocupado y vigoroso; pero sabía que era su hijo, y se sentía conmovido, y finalmente le hablaba disimulando su emoción. El chico le contestaba por cortesía, mostrando un afectuoso interés por sus palabras, como se haría con un trabajador veterano, ya jubilado. Entonces, en el sueño, Marcos Montes lamentaba no haber visto crecer a su hijo, haberse perdido toda su infancia, frágil y vacilante, su tumultuosa adolescencia; pero al final asumía melancólicamente su papel, y le decía al chico, con fingido optimismo: «Bueno, al menos vamos a estar seis horas juntos, allá abajo». El joven, que ya había reemprendido la conversación con sus compañeros, se daba la vuelta; y entonces ya era otro, no por su rostro, que seguía siendo el mismo, sino por la expresión y el tono de su voz, que ahora transmitían una severa gravedad. «Me temo que no estamos en la misma sección—decía muy serio—. Y además no serán seis horas. Serán muchas más».

En el momento de abrir la puerta del garaje en donde guardaba su coche, Marcos Montes miró una vez más su reloj de pulsera. La posición de las agujas señalaba que eran las cinco y veintisiete minutos de la mañana. Marcos tenía perfectamente cronometradas todas sus acciones en esa primera media hora del día, pero esta mañana estaba más distraído y ensimismado que de costumbre, y eso le había hecho perder algunos minutos. De todas formas, todavía contaba con un margen de tiempo suficientemente holgado como para llegar al control de fichaje antes que la mayoría de sus compañeros.

Finalmente entró en el recinto de la mina a las seis menos veinte. Dejó el coche en el aparcamiento, fichó y se dirigió a los vestuarios. Todavía no había llegado nadie; pero al poco tiempo la sala del vestidor, con su luz fría y su aire caldeado, se fue llenando de saludos concisos, adormecidos, de respuestas lacónicas y largos bostezos, de cuerpos pálidos parcialmente desnudos, parcialmente velludos, investidos de una rara nobleza en su fealdad, en sus calmosos movimientos.

Diez minutos más tarde, Marcos Montes estaba de pie en la enorme plataforma del elevador, inmóvil, mimetizado entre otros doscientos mineros que esperaban, como él, que la plataforma arrancara, para empezar así su jornada laboral. Mientras esperaba que el elevador se pusiera en marcha, al calor de los cuerpos apretados y el rumor de las conversaciones, Marcos volvió a acordarse del sueño. Pero éste había perdido ya su perfume, la poderosa esencia evocadora de su atmósfera; y Marcos pensó, esbozando una sonrisa, que no podía haber sueño más absurdo que ése, entre otras cosas porque él no quería que su futuro hijo llegara a convertirse en minero, e incluso había pensado a veces en la estrategia que desarrollaría para disuadirlo, llegado el caso, de semejante idea.

A las seis en punto de la mañana, el elevador se puso en marcha con su característica sacudida, y empezó a bajar con un ritmo constante, inexorable, hacia el fondo de la mina. En medio del silencio tácito y solemne que se producía siempre en ese momento, los mineros veían desfilar ante su vista los estratos geológicos del mineral, toscamente excavados, iluminados unos segundos por los focos de la plataforma, para perderse luego en la altura, en la oscuridad del agujero. El techo de la sala de entrada, sobre sus cabezas, se veía como un cuadrado de luz que primero se hacía gris, después se convertía en un punto, y por último desaparecía como efecto de la simple lejanía.

A las seis y doce minutos, Marcos Montes llegaba, junto con los otros hombres que trabajaban en la sección, a la sala de distribución del cincuentavo nivel, situado a más de dos kilómetros de profundidad, en la zona más apartada y remota de la mina. Sólo entonces se rompió el silencio pesado, litúrgico, que se producía siempre mientras la plataforma iba descendiendo; y los hombres que componían los tres equipos que formaban la sección se desperdigaron en una oleada de frases hechas y expresiones vulgares, repetidas mil veces en otras tantas madrugadas.

Marcos Montes empezó a avanzar por la galería principal, inmerso en un grupo que se iba diezmando poco a poco, a medida que los mineros se quedaban en túneles y galerías adyacentes. El último tramo lo recorrió Marcos en solitario. Era un tramo de treinta metros de galería parcialmente encarrilada, que se acababa bruscamente en una pared recientemente fracturada, frente a la que yacía—polvorienta y rodeada de cables— una potente perforadora. Ése era su puesto de trabajo.

A las seis y diecisiete minutos, Marcos empuñó la máquina; encendió los potentes focos de iluminación, y atacó el mineral durísimo con la broca, que respondió instantáneamente, transmitiendo a la estructura del taladro su constante y suave vibración, acompañada de un peculiar siseo. Después, cuando la máquina avanzaba y las coronas mordían la roca, la vibración se hacía más intensa, ronca, brutal, y el mineral desprendido golpeaba constantemente el cristal de seguridad, con ritmos e intensidades cambiantes. Así trabajó Marcos durante algo más de una hora, horadando la roca con precisión, distraído su pensamiento, mecido por el runrún de las brocas, mientras sus manos, sus ojos, realizaban maquinalmente el trabajo. El tiempo pasaba rápido en estas primeras horas de la mañana, y la mente de Marcos se abstraía entonces más que en ningún otro momento, vagando libremente de un tema a otro, de forma tan ligera e insustancial como la propia actividad mecánica del aparato.

Pero a las siete y veintiocho minutos, Marcos paró bruscamente la perforadora, sin motivo aparente, sin que él mismo supiera por qué lo había hecho. Miró hacia atrás, hacia la hilera de luces que recorría el techo. Las luces parpadearon dos o tres veces, y un segundo después se apagaron por completo, dejando en la retina el fantasma efímero de su extinción. Los faros de la perforadora—que recibía la alimentación por medio de un grueso cable—también se apagaron, así como todos los pilotos y chivatos de su panel de control.

Marcos Montes bajó instintivamente la máquina, en un intento de ver algo de luz más allá de los gruesos cristales de protección. Retrocedió unos pasos y miró hacia atrás, por donde había llegado él hacía una hora; pero tampoco había ninguna luz en esa dirección, sólo la oscuridad negra como la tinta, una oscuridad que se le antojaba más densa y absoluta por la conciencia de la abismal profundidad a la que se hallaba.

Estaba pensando que era la primera vez que esto ocurría, el quedarse a oscuras, en los meses que llevaba trabajando en la explotación, cuando le pareció notar que el suelo temblaba bajo sus pies, y que un golpear telúrico, sordo y lejano, llegaba a sus oídos. El ruido y la vibración se aproximaron, crecieron en cuestión de segundos con esa calidad amortiguada, como entre algodones, hasta que una brutal y avasalladora ola de piedras alcanzó a Marcos Montes, lo empujó, lo desplazó unos metros, lo tiró al suelo para cubrirlo con lo que parecían toneladas, una montaña entera de cascotes que le inmovilizó por completo.

El desplome había sido rápido y extrañamente silencioso. Así era, al fin, lo que tantas veces había temido e imaginado: un aturdimiento, una presión inhumana sobre el tórax, una boca llena de polvo, una garganta que ni siquiera tiene espacio para toser, un dolor lacerante en una pierna. No podía respirar, no podía moverse.

LA PEREGRINACIÓN

Pero se debatió, luchó agónicamente, con un esfuerzo sobrehumano, hasta que consiguió mover, estirar un brazo, y comprobó que su mano emergía de entre los cascotes al aire frío y acariciante de la galería. Escarbó frenéticamente, partiendo de ese único brazo libre, hasta desembarazar su cabeza, el otro brazo y finalmente todo su cuerpo, del posesivo abrazo del mineral.

Marcos Montes tosía dolorosamente, entre convulsiones, y escupía fango y tal vez sangre en cada espasmo, y además estaba ciego. Pero empezaba a invadirle la alegría de haber salvado la vida, de comprobar poco a poco que no tenía nada roto, que el dolor de la pierna remitía convirtiéndose en un calor difuso, que su respiración se normalizaba por momentos y no había sabor de sangre en su boca; que probablemente no estaba ciego sino simplemente a oscuras, porque las luces ya se habían apagado antes del desplome. Entonces recordó que hacía días que pensaba en la posibilidad de un accidente, que hacía días que barajaba y remodelaba esa idea, dándole formas y circunstancias diversas, con una insistencia que iba más allá de la conciencia latente, soterrada, que acompaña la vida de cualquier minero. «Así que era esto—pensó Marcos Montes mientras se palpaba en busca de alguna lesión—, realmente tenía que pasar algo, era inevitable». Y de pronto se sintió alegre al pensar en lo bien parado que había salido, y en lo ventajosa que era su situación, por más incierta que fuera, comparada con las desgracias que había imaginado.

El túnel había quedado cegado, de eso no cabía duda, y la perforadora sepultada bajo lo que un minuto antes era su techo, sus paredes. Marcos recordó las normas básicas que conoce todo minero: alejarse lo antes posible de la zona del derrumbamiento, buscar a los compañeros de equipo o de sección, buscar el elevador más cercano. Empezó a retroceder cautelosamente por la galería, en busca de los raíles de transporte, que empezaban—él lo sabía mejor que nadie—diez metros más allá, en el punto en que habían detenido su trabajo los equipos de iluminación y encarrilado unos días atrás. Después de avanzar con pasos indecisos durante lo que le pareció una eternidad, palpando el aire con las manos, sus pies reconocieron con alivio la breve rampa del talud sobre el que se asentaban los raíles. Ahora ya podía andar con algo más de decisión, siguiendo la infalible referencia de la vía, manteniendo el contacto con el raíl a base de pequeños golpecitos con la puntera de sus botas.

La oscuridad era total, pero su instinto le decía que

la falta de luz no venía de sus ojos. Se detuvo un momento y los apretó, se apretó los ojos con los dedos, a través de los párpados, y su cerebro le obsequió con la conocida tormenta de destellos multicolores. «Tiene que haber pasado algo gordo—pensó—para que no llegue el fluido exterior ni el de los generadores... A saber lo que se habrá derrumbado». Pero no quería pensar en eso. De momento estaba entero, y esa evidencia, la sensación de haberse salvado, era más poderosa que la incertidumbre del futuro inmediato, que cualquier reflexión acerca del peligro que había corrido. Nunca, en otros accidentes de diferente índole que había sufrido a lo largo de su vida, se había atormentado pensando en lo que le podía haber ocurrido de haber estado un minuto o un metro más allá de donde estuvo. Su carácter vitalista, la conciencia orgánica de su cuerpo no invulnerable, pero sí resistente, le impedían incurrir en ese tipo de pensamientos.

Siguió avanzando cuidadosamente por la galería, sorteando las vagonetas detenidas aquí y allá, a lo largo de la vía. No parecía que hubiese más derrumbamientos. Marcos caminaba sin separarse del raíl, con las manos extendidas hacia delante, a un ritmo que, imperceptiblemente, se hacía cada vez más rápido, calculando con seguridad la distancia a la que se encontraría la próxima traviesa, previendo la presencia de las vagonetas que recordaba de su caminata en sentido contrario aquella misma mañana.

Se acordó de su mujer, de lo que se estaba gestando en su interior. No había motivo para preocuparse por ella, al menos de momento. Su mujer se levantaba tarde, ya bien entrada la mañana; y por lo tanto a esa hora estaría durmiendo plácidamente. Marcos pensó que los administrativos de la mina sabían que su mujer esperaba un hijo, y que nadie iba a ser tan tonto como para asustarla con una llamada intempestiva. «Sólo la llamarán—pensaba—si la cosa va en serio y ya no queda otro remedio». Pero de momento lo cierto era que él, Marcos Montes, no conocía el verdadero alcance del accidente, ni de otros posibles derrumbamientos, y que por lo tanto no sabía si el problema se solventaría en una hora, o en un día, o acaso en un minuto. Pensó, en definitiva, que haría como siempre había hecho a lo largo de su vida, y que no se preocuparía hasta que no supiera positivamente que había verdaderos motivos para hacerlo.

De pronto, inesperadamente, sus pies tropezaron con algo; lo recorrieron, lo palparon, y acabaron reconociéndolo como el borde de la plataforma giratoria de la primera bifurcación. Se asombró de lo mucho que había tardado en llegar hasta allí, pues sabía que el lugar en el que estaba perforando no distaba más de treinta metros de esa primera plataforma, pero era evidente que caminar a ciegas multiplicaba las dificultades y las distancias. Así pues, estaba en la primera intersección. Allí nacía el túnel en el que trabajaban sus compañeros de equipo. Ni siquiera se molestó en avanzar por el túnel, en buscar sus paredes con el tacto; tan sólo dio un cuarto de vuelta, carraspeó dolorosamente, y lanzó en esa dirección un «¿Hay alguien ahí?» claro y enérgico.

Silencio. Silencio total; el silencio denso y opaco de las profundidades por toda respuesta. «O están todos sepultados—pensó Marcos Montes—o han ido a la sala del elevador a encontrarse con los otros». Ésa era la hipótesis más coherente. El manual de seguridad que les habían leído miles de veces decía que en caso de derrumbamiento o avería eléctrica había que alejarse de las zonas extremas de prospección y buscar el elevador más cercano en espera del retorno del fluido. Allí estarían sus compañeros, junto a los demás equipos que trabajaban en el nivel, esperando que volviera la luz, o que al menos llegara alguna información de arriba.

Nada se podía hacer en una situación como ésa, a dos mil metros de profundidad, excepto reagruparse y esperar. Cualquier esfuerzo, cualquier intento individual de buscar una salida sería inútil y contraproducente. Marcos Montes siguió avanzando por la galería, pensando que la situación en la que se encontraba le liberaba de toda responsabilidad, le privaba en parte de toda inquietud, al dejarle enteramente en manos de fuerzas superiores a su voluntad. Y eso, paradójicamente, le tranquilizaba y le animaba al mismo tiempo.

Había rebasado la segunda bifurcación, y calcula-

ba que ya había recorrido más de la mitad del camino
hacia el elevador, cuando empezó a oír las primeras
voces; al principio como un murmullo confuso, alter-
nado con silencios que hacían dudar de su realidad,
de que no se tratara de una simple ilusión de los sentidos; después, a medida que se acercaba a su origen,
ya como voces humanas claramente diferenciadas, algunas conocidas, otras más imprecisas. Marcos sabía
que en esa zona no era inhabitual encontrar vagonetas o maquinaria sobre los raíles; por eso recorrió los
últimos metros con redoblada cautela y lentitud, y eso
hizo que su llegada fuera especialmente sigilosa.

No sabía cuántos hombres habría allí reunidos. Ha-
blaban poco, y entre una frase y otra se producían silencios largos, meditativos. Marcos sabía cuál era el estado de ánimo de aquellos hombres; sabía que estaban
expectantes, ansiosos, conteniendo la angustia, renun-
ciando a la rebelión, sin querer mencionar las posibili-
dades más siniestras que estaban en la mente de todos.
Él, en cambio, tenía un sentimiento muy curioso ahora
que se había encontrado con sus compañeros: la alegría
de haberse salvado se transformaba de pronto en un
extraño pudor, como si el solitario accidente y su pos-
terior escapada fuesen un episodio íntimo y en cierta
manera sórdido, del que tuviera que avergonzarse. Una
voz que le resultaba muy familiar, pero que no consiguió ubicar, sonó de pronto a escasos metros de él.

—Si hubiéramos nacido hace cien años llevaríamos

todos una lamparita en la frente, y al menos podríamos ver la cara de gilipollas que se nos ha puesto.

—Habla por ti—respondió otra voz, despertando algunas sonrisas, apenas un breve resoplido.

—Si hubiéramos nacido hace cien años perforaríamos con un pico, trabajaríamos doce horas diarias y probablemente la mitad ya habríamos muerto en algún desplome.

Marcos identificó claramente la última voz que había hablado, su tono pontificador. Incluso en las circunstancias en que se hallaban, el peculiar timbre, las inflexiones, la personalidad que él sabía que se ocultaba detrás de esa voz, le despertaron sentimientos de antipatía y desagrado, como siempre le ocurría. Se produjo un nuevo silencio, más largo que los anteriores. Marcos Montes sintió de pronto el cosquilleo de una tentación: la de permanecer en silencio, sin avisar de su presencia. Era una idea absurda, irracional, pero en aquel momento le resultaba extrañamente atractiva. De pronto, dos voces nuevas, desconocidas para él a pesar de que una de ellas tenía un timbre muy peculiar, una especie de afonía, le distrajeron de sus reflexiones.

—¿Y el comunicador? ¿Sigue mudo?

—Nada. Cero.

—¿Estás seguro?

—¡Joder, tengo la oreja pegada todo el rato! No os preocupéis, que cuando me digan algo ya lo sabréis… ¡Será que yo no tengo ganas de que nos llamen!

—Vale, vale, tranquilo, yo sólo quería… ¡Tampoco hace falta que te pongas así!

—¡Vale ya!—se impuso una tercera voz—. No gastéis energías discutiendo…, las podemos necesitar más adelante.

Un nuevo silencio. Ruido de ropas, alguien que cambia de posición, una inspiración profunda, alguna tos. Luego el silencio.

—¿Estamos todos, verdad? No faltará nadie…—dijo alguien de pronto. Marcos no reconoció la voz, como tampoco reconocía la que replicó a continuación.

—Eso. El que no esté que lo diga.

—No, en serio; no estaría de más que… yo qué sé… que nos numerásemos, o que cada uno dijera su nombre, o… Antes, cuando el temblor, cuando se apagó la luz…, no sé, me pareció oír un ruido. Podría haber habido algún… algo.

—A ver. Todo el mundo sabe con quién estaba trabajando—dijo una tercera voz. Marcos la reconoció, después de un esfuerzo, como perteneciente a alguien del equipo que solía trabajar más cerca del suyo—, hemos venido aquí en grupo, cada uno en su grupo, ¿no es así?… No se ha quedado nadie por el camino.

—Es que… como así, a oscuras…

—A mí me pone nervioso esta oscuridad—apuntó una nueva voz, alguien que no había hablado hasta entonces.

—Pues de momento te va a tocar aguantarte.

«Nadie piensa en mí. No se acuerdan de mí—pensó Marcos Montes—, es lógico; al fin y al cabo es lo que he perseguido durante todos estos meses. Si pones tanto empeño en pasar desapercibido, en que te dejen en paz... corres el peligro de conseguirlo, de que realmente la gente se olvide de que estás ahí».

—¿Y el nuevo? ¿Cómo se llama? Montes... ¿Está aquí Montes?...—dijo una nueva voz, echando por tierra los pensamientos de Marcos—. Estaba excavando, en prolongación, ¿no? ¿O en...?

—O en el culo de la mina, como siempre.

Los dos hombres que acababan de hablar eran de su equipo; Marcos los había reconocido perfectamente. Pero tenía una extraña sensación ahora que había llegado la hora de revelar su presencia. Se sentía cómodo en la posición de convidado invisible que le habían brindado las circunstancias: una posición con un regusto de impunidad, con un morboso cosquilleo de curiosidad ahora que sus compañeros empezaban a hablar de él con inusual libertad. Todavía dudó un momento antes de hablar. La idea de hacerse oír le resultaba, por algún motivo, desagradable, del mismo modo que se le antojaba arduo y fastidioso explicar su accidente.

—Estoy aquí—dijo finalmente después de algún carraspeo, procurando abreviar lo más posible su declaración—. La prolongación de la B 19 se ha derrumbado... Me he salvado por los pelos. Pero estoy bien.

Un silencio latente siguió a sus palabras. «Están sorprendidos—pensó Marcos—, sorprendidos y asustados. Hasta ahora no sabían que hubiese habido derrumbamientos». Iba a añadir que la perforadora había quedado sepultada, cuando una voz nerviosa acaparó la atención de todos los presentes.

—¡Un momento, un momento!... ¡El comunicador!... ¡Callad!—gritó la misma voz sobreponiéndose al murmullo que se había levantado—¡Callad, por favor, esto... no puedo oír nada!

En el silencio que gravitó a continuación sobre todo el grupo, un silencio de ansiedad y respiraciones contenidas, se oía tan sólo el ininteligible crepitar del comunicador, interrumpido de vez en cuando por alguna palabra suelta de su portador: un monosílabo, una interjección, retazos sin sentido que no aportaban información alguna.

—Bueno, ya está—dijo éste finalmente, al cabo de la eternidad que puede llegar a contener un minuto.

—¿Ya está?—preguntó alguien—. ¿Ya está qué?

El hombre del comunicador habló calmosamente, sabiéndose portador de una preciosa información. Su tono era bien distinto a la airada irritación que había demostrado hacía unos minutos.

—La avería es grave. Ha habido varios derrumbes y... han deformado la caja del elevador. Está inutilizado; y también ha afectado a los generadores...

—¿Los generadores? ¡Pero si están arriba!

—Lo que se ha roto son las conducciones, los cables que llevan la electricidad. A partir del octavo nivel, toda la mina está sin energía.

—¡Un momento!—añadió el del comunicador, acallando el murmullo que se produjo inmediatamente—. Ha habido derrumbes, pero de momento no se sabe que haya habido ninguna víctima. Lo importante es que tenemos que ir inmediatamente al punto de acopio. Nos van a evacuar a todos por el elevador de extracción, en pequeños grupos; ¡se ve que es el único ascensor que pueden reparar en un tiempo razonable!

El hombre ha terminado hablando a voz en grito, incapaz de contener la oleada de exclamaciones y comentarios.

—¡Por favor, silencio!—dice de pronto otra voz; su entonación serena pero enérgica transmite una extraña autoridad. Marcos no sabe quién es; no reconoce esa voz. Piensa que quien habla así debe de pertenecer a uno de los otros dos equipos allí reunidos, con los que sólo coincide cotidianamente en las duchas, y en el silencioso trayecto del elevador—. ¡A partir de ahora debemos organizarnos muy bien! La pregunta indicada es si pretenden evacuar a toda la mina por ese montacargas.

—Por lo visto sí, en pequeños grupos—confirmó el del comunicador—. La buena noticia es que nosotros seremos los primeros, por estar en el último nivel…

De todas formas no saben cuándo podrá estar operativo el elevador. No sabemos cuánto tiempo tendremos que esperar.

—Bueno, vamos para allá de todas formas—habló de nuevo el de la voz serena—, al punto de acopio. Si es tal como ha dicho el compañero, allí también irán a parar los equipos de la otra sección. No somos los únicos en la planta…

—Ni en la mina. ¿Os dais cuenta? Pretenden subir a mil quinientos hombres con esa mierda de plataforma que ni siquiera tiene bloqueo de seguridad. Además… van a tardar un siglo.

Marcos reconoció inmediatamente la voz protestona. Su tono, entre indignado y despectivo, era por lo demás el habitual en su propietario, un tal Fernando Muñoz, el mismo tono que utilizaba para protestar por la dureza de una veta o la calidad de un desayuno.

—Mejor eso que nada—replicó la voz dotada de autoridad—. Nos conviene ponernos en marcha cuanto antes; la sala de acopio está… a unos cuatrocientos metros, y en estas condiciones, a oscuras, no va a ser precisamente un paseo.

—Oye, ¿y quién eres tú, que hablas tan bien? Ni que te hubiéramos votado entre todos para ser el jefe.

De nuevo había hablado el personaje que a Marcos le despertaba mayor antipatía. Su tono era punzante y desagradable, pero el interpelado le contestó con una entonación neutra y serena, que embotaba por sí sola la agresividad de la pregunta.

—Soy César Torrijos, del catorce dieciséis. Soy cargador.

Un breve silencio siguió a la sencilla respuesta. Los cargadores gozaban de gran respeto y consideración en la mina, por la dureza de su trabajo, que se podía considerar cualquier cosa menos privilegiado. Consciente de que eso era lo que estaban pensando en aquel momento todos los presentes, el hombre antipático rompió el silencio de mala gana.

—Mucho gusto—dijo con cierta sorna, claudicando implícitamente—, ya sé quién eres. Yo soy Álex Marín, del catorce once. Habrá que ponerse en marcha.

«Ya está, ya se han olvidado de mí—pensó Marcos Montes mientras empezaba a caminar, rozando otros cuerpos que también se ponían en movimiento—. Nadie me pregunta nada acerca del derrumbamiento. Mejor así. Estaré más tranquilo…, aunque la verdad es que no les falta motivo, a todos estos hombres, para olvidarse de cualquier cosa que no sea su propia vida».

Marcos sabía muy bien lo que estaba en la mente de todos, lo que nadie mencionaba por demasiado terrible o por demasiado obvio, lo que justificaba la distracción o el ensimismamiento, los nervios y las fricciones, las pequeñas peleas que podían saltar, como chispas, en cualquier momento. Más allá del evidente riesgo de nuevos derrumbamientos, de lo precario del sistema con el que iban a ser evacuados, estaba la evidencia de que en la profundidad a la que se encontraban el aire no se renovaba sin la ayuda de las turbinas eléctricas, y que por lo tanto su posibilidad de supervivencia tenía un límite no muy preciso, jamás comprobado hasta sus últimas consecuencias, pero que en ningún caso iría más allá de las cuarenta y ocho horas.

Mecido por el paso lento y monótono, por los roces continuos de los hombros en movimiento de sus compañeros, Marcos Montes olvidó en pocos minutos el asunto de la escasez de oxígeno y se sumió en sus propias meditaciones. Pensó en su mujer. Pensó que, a lo largo del día, se acabaría enterando de lo que pasaba en la mina aunque nadie la llamase, porque el asunto no tardaría en salir en las noticias, y que había un riesgo, que no se podía desdeñar, de que el susto que se llevaría pudiera afectar al embarazo. Pensó que sería un sufrimiento inútil, el que padecería ella, como lo eran todos los que los seres humanos se empecinaban en cultivar anticipando, temiendo desgracias que la mayoría de las veces no llegan a cumplirse. Él no podía sufrir, no se podía preocupar, porque estaba entero, indemne, porque había escapado a un derrumbamiento, y lo único que eso le provocaba era un calmoso optimismo. Era como si los dos kilómetros de roca que les separaban de la superficie amortiguaran las pasiones y los temores, las angustias del mundo exterior con su aire y su sol y sus medios de comunicación, y su ritmo frenético.

Marcos se dejaba llevar, le resultaba agradable avanzar con aquel ritmo pausado pero regular, adormecedor, mecido por el vaivén y el calor del rebaño. Sí, era agradable abandonar toda responsabilidad, toda iniciativa; sentirse guiado, conducido, como cuando era un niño y los llevaban en fila a alguna excursión o simplemente al patio de los juegos. Después de todo, tampoco había más opciones que la que habían elegido; el camino hasta el punto de acopio era obvio y conocido por todos, y aquel individuo, el tal César, parecía un tipo competente, un buen líder para apaciguar las pequeñas trifulcas que se pudieran producir durante el inevitable tiempo de espera, hasta que empezaran a subirlos a la superficie por el elevador de extracción. Marcos era optimista; una íntima convicción, más instintiva que razonada, le decía que todo iría bien, que la evacuación se produciría tal como les habían anunciado. Él sólo intervendría si viese que el rebaño se iba a despeñar, o a tomar un camino equivocado. Sólo entonces dejaría oír su voz, sólo entonces daría su consejo e incluso actuaría hasta donde se lo permitieran sus fuerzas, en defensa de lo que considerase más beneficioso para todos.

Ya no oía nada. Como siempre que conseguía abstraerse realmente en sus pensamientos, el mundo exterior desaparecía, o más bien quedaba oculto, postergado tras un velo espeso y gris, como una fiesta bulliciosa de la que sólo nos llega, en el silencio y el frío del jardín, bajo la luz de las estrellas, un rumor vago y confuso filtrado a través de gruesos muros, de ventanas cerradas con postigos y pesados cortinajes, aunque sabemos que allí dentro hay humo y luces, y el vértigo banal de la belleza y el alcohol. Así rozaban ahora sus sentidos las frases, los comentarios aislados, las bromas, el optimismo impostado, teñido de inquietud, de sus compañeros de marcha, los pequeños choques fortuitos, el olor único y diferenciado de sus cuerpos: como blandos contactos que certificaban su presencia ineludible pero no conseguían atravesar la corteza cerrada, claustral, de su percepción.

Así caminó Marcos Montes un tiempo indeterminado, uno o quince minutos, hasta que un tropiezo más brusco que los anteriores, un cambio en el tono de los comentarios—la evidencia de que por primera vez se había interrumpido la marcha—le obligó a abandonar la tibia seguridad de sus pensamientos y a concentrarse en lo que sucedía a su alrededor.

Algo ocurría allí delante, en la cabeza de la comitiva. Los que abrían la marcha se habían detenido, y detrás de ellos se amontonaban en poco tiempo los cuerpos y las preguntas, con la torpeza y la ansiedad y la exigencia de lo que eran entonces: ciegos sin experiencia.

—¿Qué pasa?... ¿Qué coño pasa ahora? ¿Por qué nos paramos?

—Sí. ¿Qué hay? ¿Quién va delante? ¡Decid algo, joder!

—¡Un momento, por favor! Estoy... estoy intentando... estoy buscando... esto tiene que ser...

No era César Torrijos, ni tampoco Álex, el que de esa forma dubitativa y poco tranquilizadora intentaba contener la curiosidad colectiva, tan próxima a convertirse en ira, en indignación. Tal vez, pensó Marcos, los dos personajes más carismáticos habían optado por diluirse en el interior del grupo durante una marcha que teóricamente no tenía que deparar ninguna sorpresa.

—Este... este tramo es recto, ¿verdad?—habló de nuevo el personaje dubitativo.

—¡Pues claro que es recto! ¿No lo sabes?—exclamó una nueva voz—. Va todo recto hasta la plataforma de distribución... ¿Hemos llegado hasta la plataforma? No puede ser, todavía...

—Está derrumbada, tíos—le interrumpe un nuevo individuo, revelando lo que el otro se obstinaba en ocultar—, lo que pasa es que se ha derrumbado, la galería.

—¡Pero si esta galería está reforzada!

—¡Sí: está sustentada; pusieron bulones, y pilotes!

—Pues se ha hundido. Estoy tocando un bulón, están amontonados… entre los cascotes. Todo esto es mierda: cascotes y arcilla.

—¿Estás seguro?

—¡Que sí, coño! ¡Está jodidamente hundido!

La evidencia produjo unos segundos de silencio atónito y reflexivo. «Si esta galería se ha hundido—pensó Marcos—, no podemos llegar hasta el elevador. No hay otro camino… ¿Qué hacemos entonces?».

—¿Y ahora qué hacemos?—dijo alguien, resumiendo el sentir general.

—Por lo pronto, apartarnos de aquí—habló la voz inconfundible de César Torrijos—, podemos hablarlo unos metros más allá.

—¡Sí, ya salió el listillo, el hombre de orden! Claro, las normas dicen… ¡¿De qué coño sirven ahora las normas…?! ¡Esto estaba reforzado! Lo mismo se derrumba ahora veinte metros más atrás… ¿Por qué te tenemos que hacer caso? ¡Mira adónde nos has traído!

«Se equivoca—pensó entonces Marcos, en sintonía con el murmullo de desaprobación que se alzaba a su alrededor—. ¿Y quién es? No es Álex. No sé quién es».

—Yo no te he traído, nos hemos traído todos, de mutuo acuerdo—replicó César—, y en cuanto a las normas, en mi opinión es ahora cuando más estrictos debemos ser… Quiero decir que debemos mantener la calma. Hace falta un poco de orden, o esto será el caos.

—¡Muy bien! Pues sácame de aquí, señor tranquilo—habló de nuevo el descontento—. ¿Vas a despejar el túnel con el manual de seguridad? ¡Esto es una jodida ratonera; una puta trampa es lo que es! Ya me lo temía desde el principio. Nos engañan, los cabrones de ahí arriba, nos distraen con falsas esperanzas.

Marcos Montes creyó necesario intervenir, en ese preciso momento, ahora que se empezaban a oír voces de aprobación, tímidos comentarios a favor del que había hablado. Iba a decir: «Por favor, escuchemos lo que tiene que decirnos César»; de hecho empezó a decirlo, pero no pasó del «por favor», porque le interrumpió una voz enérgica y decidida, que acabó imponiéndose a la suya:

—Los de arriba no tienen por qué saber que esto se ha derrumbado. No seamos malpensados. El compañero, ¿cómo se llamaba?, César, tiene razón. Tenemos que organizarnos. Y permanecer unidos.

«¡Es Álex!… No creí que lo apoyase—pensó Marcos—. Y lo ha hecho en el momento preciso. Un minuto más y empezarían a salir partidarios del tipo ese».

—A ver…—prosiguió Álex—, ¿alguien… a alguien se le ocurre otra forma de llegar hasta el punto de acopio?

—No hay ningún otro camino—sentenció otra voz.

«Es verdad; no hay ningún otro túnel que lleve hasta allí», pensó Marcos. El corte en el fluido les había dejado a él y a todos aquellos hombres sin el más útil de sus sentidos; se habían convertido en un grupo de ciegos, torpes y vacilantes, que avanzaba a un kilómetro por hora por galerías trazadas a tiralíneas. Pero si algo tenían era precisamente el conocimiento del terreno, pues no hay nada más monótono y previsible, más carente de sorpresas—razonaba Marcos—que el escenario en que uno desempeña su trabajo diario.

—¡Llamemos a los de arriba!—dijo alguien repentinamente—. Que sepan que no podemos llegar al montacargas. Tal vez se decidan a…

—Ya estoy intentando hablar con ellos, desde que nos hemos parado—dijo el que portaba el comunicador, con una serenidad un tanto sombría—, pero aquí no se oye nada…, no… no funciona.

—Ey, ey, un momento—dijo una nueva voz—, pero… ese comunicador… tendrá batería…, está cargado…

—Bueno…

—¡¿Cómo que bueno?! ¡Cabrón! ¡No tiene carga! ¡No lo pusiste a cargar!

—¡Sí que lo puse! Pero… la batería… está agotada, hace días que no aguanta nada.

—¡¿Y no la hiciste cambiar?! ¡Tu obligación es que el comunicador esté siempre…!

—¡Sí que la pedí, la batería! Lo que pasa es que…

—¡Y una mierda la pediste! ¡Nos has jodido a todos, cabrón!

—¡Basta ya!—interrumpió enérgicamente una voz,

reconocida despés como la de Álex—. ¡No vamos a ganar nada peleándonos! El mal ya está hecho…, es una putada, pero ya no lo podemos cambiar. Reservemos las fuerzas para cuando nos hagan falta.

—Cabrón…—murmuró todavía el hombre enfadado, mientras un silencio pesado y agorero empezó a cristalizar entre sus compañeros. Era un silencio que los separaba e inmovilizaba, que dejaba a cada uno de ellos a solas con su miedo, con la angustiosa certidumbre de que estaban atrapados en una limitada ramificación de túneles, mientras el oxígeno necesario para respirar se iba agotando segundo a segundo. Fue César Torrijos, una vez más, quien rompió ese silencio.

—Bien. Tenemos que organizarnos—dijo, y el solo hecho de oír de nuevo su entonación habitual ya era un alivio—. No podemos hablar con los de arriba; tampoco sabemos si el poder hablar nos habría solucionado algo; pero lo cierto es que estamos solos. Intentemos solucionar el problema nosotros; usemos un poco la cabeza, estrujemos la memoria, o la imaginación. Tiene que haber alguna forma de llegar hasta el punto de acopio.

—Sí, podemos perforar un túnel nuevo. Con picos y palas, como decía aquél, o con las manos, ¡no te fastidia!

—El sentido del humor… mejor para dar ánimos —dijo una voz hasta entonces no oída; una más que venía a sumarse a la facción de los que preferían mantener una actitud positiva.

De nuevo el silencio. A Marcos no se le ocurría ninguna idea. Le parecía—como a buen seguro le ocurría a cada uno de los que estaban allí—que el problema que planteaba César no tenía solución. En cambio, la situación, los últimos acontecimientos, le sugerían otro tipo de reflexiones. «Es curioso… Álex… nunca habría imaginado que reaccionase así. Un tipo tan turbio, tan negativo, alguien que cultiva, que se preocupa de mantener una jerarquía…, un fascista, en realidad, que le hace la vida imposible a cualquiera que…».

—Yo sé cómo… cómo podríamos hacerlo—dijo de pronto una voz que a Marcos le resultó completamente nueva. La voz volvió a enmudecer ante la expectación de todos, como si se hubiera arrepentido de haber hablado, o quisiera que alguien le sacase la información a base de preguntas.

—¿Quién? ¿Quién eres?… ¿Quién ha hablado? —preguntó Álex.

—Soy… Hilario—contestó la voz, con una misteriosa pausa entre las dos palabras.

—Hilario Rodero, del catorce doce; es de mi equipo. Yo soy José Cortés, trazador, del catorce trece.

—A ver, ¿qué idea es ésa?—dijo Álex—. Pero que hable el propio interesado. Mal iremos si el que nos tiene que salvar… En fin, que hable.

Álex dejó la frase en el aire. Pero el aire se quedó mudo.

—Vamos, Hilario—dijo César—, no te cortes, di lo que piensas. No estamos en condiciones de rechazar ninguna propuesta.

—Podemos llegar al elevador de extracción... por... la A 24—dijo finalmente Hilario con alguna vacilación.

—¿La A 24? ¡Eso está en la otra sección! ¿Cómo quieres llegar a la otra sección?—dijo alguien en tono más divertido que irritado.

—Hay un túnel, un túnel de ventilación...

—¿Un túnel? ¡Un agujero! Y con... no sé cuántas turbinas en el medio.

—No. No hay turbinas.

—¿Cómo no va a haber turbinas entre dos galerías activas? ¡Y la A 24 nada menos!

El individuo que respondía al nombre de Hilario, como tantas veces ocurre con los tímidos, iba ganando seguridad y firmeza, a medida que encontraba una oposición.

—No. No he dicho que el túnel vaya a la A 24—respondió con una obstinación vagamente ofendida—, he dicho que... que la A 24 lleva hasta el elevador de extracción. El túnel que yo digo comunica... comunica con una adyacente de la A 24.

—Pero igualmente estará ventilada, por muy adyacente que sea—insistió el otro—. Habrá turbinas. Y no las vas a sacar empujando, como quien quita el corcho de una botella. Yo soy mecánico; cada una de las turbinas pesa... más de doscientos kilos, y están clavadas...

—No hay turbinas. La galería... la desestimaron, al poco de empezar.

—¿Y eso?

—La veta era muy pobre, los ingenieros se... se equivocaron.

—Y entonces...

—No llegaron a instalar las turbinas.

—¿Estás seguro?

—Sí.

—De todas formas... es un agujero. ¿Qué... qué diámetro tiene? Oye, y... ¿y tú cómo sabes todo eso?

—Porque... yo he entrado. Ahí. Muchas veces. Y se llega al otro lado.

—¡¿Que tú... te has...?! ¡No me jodas!

Un terco silencio siguió a la exclamación.

—¿Quieres decir que... que te has arrastrado como un gusano por...? ¡No puede ser! ¡Si casi no se cabe ahí! ¿Y para qué? ¿Cuándo?

Todos esperaban la respuesta de Hilario. Pero ésta no se produjo. Auditivamente, Hilario había desaparecido.

—No contesta porque todo es mentira—dijo con desprecio una nueva voz, alguien que no era el mecánico de antes pero que sin duda pertenecía al mismo equipo—, ¡este tío es un taradito!

—¡Tú te callas, ¿vale?! No tienes derecho a hablarle así.

«Éste es el que ha hablado antes, Cortés—pensó Marcos—. Ya había oído hablar de él, un buen trazador… Es curioso, siempre sale en defensa del otro, el tipo raro, Hilario».

—¡Vaya, hombre…, ya saltó el otro!—replicó el despectivo—. ¿Qué pasa? ¿Que tú también entrabas con él? ¡A ver si ahora va a resultar que además sois maricones!

«¿Por qué habrá dicho "además"?—dijo para sí Marcos Montes—. ¿Qué rencores, qué rencillas han ido tejiendo estos hombres, qué largo contencioso han podido alimentar en estos túneles, mientras trabajaban, en las pocas horas que la vida les obliga a coincidir cada día? O acaso no ha habido nunca ningún problema, y ahora, en este momento de tensión, de miedo, afloran sentimientos, antipatías latentes que sólo habían sido fugazmente esbozadas. Tal vez, después de todo, lo mismo podría pensar alguien de mi odio hacia Álex. Es verdad; pensándolo bien no es tan diferente. Al fin y al cabo, yo no he dejado entrever nunca la naturaleza de mis sentimientos, de mis ideas; nunca le he dicho a Álex: "Tío, tú eres un cabrón", más bien he guardado silencio, me he mantenido alejado, discreto, esforzándome en hacerme invisible, y tal vez eso no se diferencie mucho de darle la razón, de dar por buenos todos sus actos». Marcos se ensimismaba

41

de nuevo en estas reflexiones, pero una voz enérgica y tajante, precisamente la de Álex, le obligó a salir de sus pensamientos.

—¡A ver! ¡Silencio! Ya os partiréis la cara cuando salgamos de aquí, si es que salimos. Ahora hay que currar; currar para intentar salvarse. Aquí el colega ha propuesto una cosa… un poco rara, la verdad, pero de momento es lo único que tenemos. Ya le haremos la vaca si nos ha engañado. Pero de momento… ¿O es que alguien tiene alguna idea mejor?

No hubo respuesta, pero sí un resoplido de desprecio, un bufido corto e irónico. Entonces sonó la voz de César.

—Álex tiene razón.

—Como siempre—rezongó alguien, probablemente el del bufido.

—¡Sí, como siempre!—prosiguió César taxativamente—. Estamos en una situación excepcional, que en nada se parece a los problemas con los que nos enfrentamos cada día. Olvidaos, por lo tanto, de vuestra escala de valores. Ahora mismo, y mientras no se demuestre lo contrario, nuestro hombre más valioso es Hilario. Así que vamos a respetarlo, y a dejarnos guiar por él.

—Yo no lo habría dicho mejor—apuntó Álex—. O sea… que yo seguramente lo habría dicho de pena. A partir de ahora el de los discursos será César.

—¿Cuántos kilos pesas, Hilario?—dijo César—. ¿Me oyes?… Hilario, ¿estás ahí?

—Setenta y cinco—respondió Hilario recelosamente, al cabo de unos segundos.

—¿Y cuánto mides?

—Uno... uno setenta... más o menos.

—Escuchad—dijo entonces César—. Ya habéis oído que este hombre no es muy delgado, y aquí no hay gordos, que yo sepa; arriba, en las oficinas, hay más de uno, pero aquí... nada. Quiero decir que si él pasó por ese agujero, nosotros también podremos pasar. Vamos a dar media vuelta y a seguir a Hilario a la..., ¿dónde está ese agujero?

—En la c 12, al final de todo.

—Pregúntale por qué se metía ahí—se oyó en algún punto indeterminado, en la periferia del grupo, con una mezcla de burla y rebeldía.

La pregunta provocó una oleada de rumores y comentarios en voz baja.

—Sí, es verdad—le secundó una nueva voz—, si tenemos que confiar en ese tío, queremos saber...

—¡Silencio!—le interrumpió tajantemente César—, eso ahora es lo que menos nos importa. Lo que no podemos hacer es estar aquí perdiendo el tiempo. Tenemos que ponernos en marcha inmediatamente. Nos queda un buen trozo. Todos sabemos cómo se llega allí. Y no os preocupéis. Tengo el pálpito de que no nos equivocamos con Hilario.

—Y si no... ¡le hacemos la vaca!—remachó Álex. Pero su broma apenas produjo alguna risa desganada.

«Sí, yo también—dijo para sí Marcos Montes mientras él, y todos los demás, se ponían en marcha—. Yo también creo que Hilario dice la verdad: su historia, él mismo, son lo suficientemente absurdos como para ser ciertos. Y César ha hecho bien en atajar la curiosidad de esos tipos. No es nada tonto… Hilario podría llegar a fallarnos si le acosamos con ese tema. ¿Por qué se metería en ese túnel…? Ya lo han dicho por aquí: hay que reptar como un gusano para avanzar por un agujero de ésos. No sé… es fácil pensar que buscaba algo, algo concreto, alguna turbia satisfacción que justificara semejante esfuerzo. Pero yo creo que no. Creo que yo entiendo el impulso, lo que empujaba a ese hombre a esconderse en un conducto de medio metro de diámetro: era la necesidad de estar solo, la sensación de ser único y singular. Necesitaba, en medio de la rutina unificadora de la jornada laboral, unos minutos que fueran solamente suyos, verdaderamente íntimos, intransferibles; y eso no era capaz de encontrarlo en el interior de su pensamiento; necesitaba una geografía, un espacio real y privado que sólo le perteneciera a él, que sólo él conociera».

Marcos lo entendía muy bien, porque a él le ocurría lo mismo. Pero él sí, él era capaz de refugiarse en su pensamiento. Tenían que darse unas determinadas condiciones, la perforadora tenía que adquirir un ritmo constante y sostenido, una peculiar vibración… entonces sí, el mundo exterior, la fealdad del túnel desaparecían, y ya sólo quedaba su pensamiento moviéndose libremente, como cuando uno está a punto de dormirse y la mente se mueve con levedad, pasando sin esfuerzo, sin control, de un tema a otro. Mientras tanto, una porción de su cerebro, encargada de las funciones «menores», dirigía de forma automática el cabezal de la perforadora, sopesaba la dureza y la inclinación de las vetas del mineral, y orientaba la corona dentada con la inclinación idónea en cada momento para que la perforación tuviera la dirección y la profundidad más adecuadas. Muchas veces había comentado ese hecho a algún amigo, a su mujer, a otros trabajadores. Los más no le creían. Otros le avisaban de los peligros que ese hábito podía entrañar, o dudaban de la productividad que pudiera conseguir en semejantes condiciones. A él le parecía todo lo contrario: su experiencia, la innegable estadística de las cifras, le decía que era precisamente en esos momentos de suave combustión imaginativa—que a veces se prolongaban durante horas seguidas—cuando más eficaz y preciso era en su trabajo.

Mientras la mente de Marcos se perdía en estas reflexiones, él y sus compañeros continuaban avanzando en apretado grupo por las galerías, sumidas en la más completa oscuridad. En realidad ya no avanzaban, sino que ahora, al contrario, retrocedían; se alejaban de la zona de los elevadores que conducían a la superficie, para adentrarse de nuevo en las últimas ramificaciones de la mina, en busca de un estrecho conducto que les permitiera acceder a la otra sección del nivel, a una galería que, después de todo, podría estar tan derrumbada como la que les había cortado el camino hacía unos minutos.

«¿Cuánto tiempo aguantarán estos hombres con una esperanza tan pequeña? —pensaba Marcos—. ¿Cuándo empezarán a desesperarse? De hecho… ya se habría desesperado más de uno si no tuviéramos un liderazgo claro y positivo como el que afortunadamente tenemos, y además doble, lo cual lo hace todavía más sólido. De todas formas… si nos falla ese agujero, esto se ha acabado. ¿Qué esperanza nos podría quedar entonces?… O tal vez sí, tal vez César y Álex serían capaces de hacernos andar otra vez con cualquier pretexto, cualquier otro clavo ardiendo al que nos pudiéramos agarrar los veinte o treinta hombres que debe de haber aquí, para seguir recorriendo las galerías como hormigas ciegas, en vez de quedarnos en un rincón a esperar la muerte, a descansar, a rezar o a maldecir al destino o a los propios compañeros.

»Qué raro… y yo sigo sin angustiarme. No puedo sentir angustia… Será que el golpe me ha afectado a la cabeza —pensó Marcos Montes sonriendo interiormente—. O tal vez es un mecanismo de defensa de mi mente… Puede ser. Si es así, bienvenido sea». Lo cierto es que seguía teniendo la sensación de que su vida no corría peligro, de que todo acabaría bien. Era una sensación muy extraña, como si estuviera viviendo los acontecimientos y al mismo tiempo asistiera a ellos desde fuera; como un mero espectador que disfruta con la intriga, con las sorpresas y los engaños que depara la trama, desde la confortable calidez de una butaca, sabiendo que en cualquier momento se puede levantar y salir a la calle, o ir al frigorífico en busca de una bebida.

«Tal vez es la oscuridad... Y el silencio—pensaba Marcos—; tenemos tan pocas ocasiones en nuestra vida cotidiana, tan pocos momentos de verdadera quietud, sin prisas, sin música, sin ninguna pantalla delante, sin estímulos, sin obligaciones, que cuando lo conseguimos, cuando nos remansamos en uno de esos momentos de paz, la mente lo reconoce, reconoce sensaciones de hace muchos años... Ese sol de la infancia, y los sonidos en la lejanía del paisaje, en otoños y primaveras ya remotos, cuando el mundo era nuevo cada día».

Marcos se siente de nuevo como un colegial, ahora que camina en medio del apretado grupo, entre otros cuerpos, entre hombres que presumen de conocer el camino, que murmuran bravatas de desprecio y rebeldía pero prefieren agruparse en torno a la inconfundible autoridad de los líderes.

Álex había hablado de «hacerle la vaca» a Hilario: una expresión que en el contexto en que se encontraban no era más que una nota de humor destinada a anestesiar la angustia. Pero a Marcos, y más viniendo de un personaje como Álex, la frase le retrotrajo instantánea, fugazmente, a un episodio de la infancia, no olvidado, pero sí arrinconado en la memoria. Y ahora, mientras avanza en la oscuridad de la galería, mecido por la regularidad de sus pasos, por el vaivén de sus pensamientos, el recuerdo vuelve a invadirlo con toda la intensidad de sus sensaciones...

La sensación opresiva de un cielo blanco e invernal, el frío y la quietud del aire, y un rincón en el patio de la escuela, o no, no era en el mismo patio, era en un solar cercano, un lugar prohibido, el escenario delictivo y excluyente de los primeros cigarrillos, de absurdos ritos de iniciación. Y allí, aquel acto triste y sin gracia, con su degradante aspecto de dominación, con su obvio componente sexual, entre las nubecillas de vapor que salían de las bocas, el llanto de la víctima y la rápida refriega, la brutalidad expeditiva de los verdugos y la curiosidad pasiva, tan morbosa como insolidaria, de los invitados al espectáculo. La fugaz visión, entre hombros apretados, superpuestos, del cuerpo desnudo, sorprendentemente blanco y suave, en contraste con la tosquedad cetrina de las manos, el conocido rostro feo y moreno; y la humillación, la ambigua violencia que acaba en suciedad de tierra y saliva, y yerbas arrancadas, y el llanto de la víctima formando surcos en el polvo de las mejillas, mientras las manos—esas manos ásperas de niño pobre—tiran de los pantalones intentando subirlos, trompicando, entre moqueos y maldiciones, entre imprecaciones llorosas lanzadas a unas espaldas que se alejan despectivas, con brutal indiferencia, humillando con el último desprecio: el de considerar a la víctima tan despreciable, tan insignificante, que ni siquiera merece una mirada de reojo, un volver la cabeza por precaución.

En ese momento, mientras caminaba en un extremo del grupo en dirección a la puerta del solar, ocultando su zozobra, reprimiendo las ganas de mirar hacia atrás; en ese momento Marcos oyó un lejano barullo de voces, y se dio cuenta de que algo pasaba a su alrededor.

—¡Os lo dije! ¡Ese tío es un tarado!

Marcos regresó de su ensoñación como el buzo que ha descendido demasiado y tiene que hacer un gran esfuerzo, con brazos y piernas, para salir a la superficie. Se dio cuenta entonces de que llevaban un rato parados y de que se había originado una discusión o algo por el estilo. Por lo poco que pudo oír aquí y allá, a toda prisa, comprendió que habían llegado al lugar en que tenía que estar el famoso túnel, y que éste no aparecía por ningún lado.

—¡Queréis callaros todos de una vez!—se impuso una voz, tan deformada por la ira que Marcos no llegó a distinguirla—. ¡Está aquí! ¡Ha encontrado el agujero!... ¡Joder! ¡No atinaba porque le habéis puesto nervioso con tanta... prisa y tanta mierda!

Las palabras sonaron como un aldabonazo que hizo callar en seco a todos los presentes. Marcos comprendió que había sido Cortés, el trazador, quien había gritado; del mismo modo que ahora era César quien hablaba aprovechando el desconcierto, con un persuasivo énfasis en cada palabra.

—Ahora, por favor, mucha calma. Vamos a organizarnos bien. Lo más lógico es que Hilario, que es quien conoce el terreno, entre el primero y nos diga si los demás podemos pasar. ¿Entendido?... ¿Hay alguien que no esté de acuerdo con la propuesta? Bien—prosiguió César después de un tiempo prudencial—. Hilario entrará primero, y recorrerá todo el túnel...

—¿Y si el tío llega al otro lado, y se larga a toda prisa?

—¿Y si le pasa algo? ¿Y si no puede seguir? ¿Cómo sabremos...?

Las preguntas se atropellaban en la boca de muchos, y cada una provocaba otra nueva; pero Álex hizo oír su voz, y consiguió una vez más captar la atención de aquellos hombres.

—¡Un momento, un momento! No nos pongamos nerviosos—dijo con su característico acento campechano—. A ver, Hilario: ¿cuánto puede medir ese agujero?

—No... no hay problema, se cabe bien.

—No, hombre, no; de largo, ¿cuánto mide de largo?

—¿De largo? No sé... veinte metros, o...

—¡Veinte metros!

—¡Silencio!

—Veinte metros, pero no... no hay problema, puedo ir y volver...

—No nos conviene perder tiempo—atajó entonces César—. Haremos otra cosa; nos mantendremos en contacto. A cada poco dices algo, nos vas informando de cómo está el terreno, para que te oigamos. Lo importante es que no te pares en ningún momento. Para no perder tiempo.

Por unos instantes todos callan, y se produce un silencio latente, una extraña quietud.

—Hilario, ¿aún estás ahí?... ¿Hilario?...

—Ya... ya estoy dentro—contestó Hilario, con una voz que efectivamente sonaba opaca y disminuida.

—¡Joder, qué afición le tiene el tío al agujero ese! —exclamó Álex espontáneamente, desatando las primeras risas verdaderas que se oían en mucho tiempo—. ¿Qué? ¿Ya has avanzado...?

—Unos cuantos metros... De momento está todo bien... Esto está estupendo—iba diciendo Hilario con breves pausas, con la dicción jadeante de quien está realizando un esfuerzo físico.

—No se oye—comentó alguien—, ya casi no se le oye, y no ha hecho más que empezar.

—No, no te creas—dijo entonces César—desde aquí se oye estupendamente, en la boca del agujero. Esto es un tubo, funciona como un auricular.

51

«Por fin se han callado todos—pensó entonces Marcos Montes—; es lógico, quieren oír de primera mano lo que va diciendo Hilario. Es curioso, ahí están, más unidos que nunca, apiñados en torno a César, pendientes del otro, Hilario, el único que hasta el momento se ha separado del grupo... No sé por qué se aprietan tanto alrededor: yo lo oigo bien, y estoy en la última fila... Sigue avanzando, el tío, y parece que el túnel está intacto».

Marcos tenía razón. Nunca, desde que se agruparon tras el derrumbe, habían estado tan juntos aquellos hombres como en aquel momento. Los cuerpos se apretaban al calor de un interés común, de una esperanza, en una densa atmósfera de olores diferenciados, de tibia humanidad. Y mientras tanto Hilario, sin dejar de reptar por el agujero, hacía oír su voz a cada poco, con una entrega y una vivacidad que nunca había mostrado en una situación normal, en su cotidiana actividad en la mina.

—Bien... Está bien... ¡esto está estupendo!—iba diciendo.

Al final su voz llegaba remota y adelgazada, pero con una extraña nitidez.

—¡Ya está! ¡Estoy al otro lado!—dijo de pronto, y su voz sonaba ahora un poco más fuerte, probablemente porque por primera vez llegaba hasta ellos directamente, sin el obstáculo de su propio cuerpo.

—¡De puta madre!—dijo Álex, coreado instantáneamente por otras exclamaciones similares, espontáneas, incontenibles. Pero César llamó a la calma con su habitual serenidad.

—Muy bien, Hilario. Ahora escucha: investiga un poco por ahí, da unas voces y…

—¿Cómo dices?… No te oigo bien.

—¡Por favor, callad ahora!—protestó César, y luego prosiguió vocalizando exageradamente hacia el interior del agujero—. Te decía que mires si la galería está en buenas condiciones. Investiga un poco y luego nos dices.

—Bien. Voy a mirar—contestó Hilario.

—Ése no vuelve—dijo alguien, más en broma que en serio.

—Lo que es mirar, no va a mirar mucho—apuntó otro.

—Mejor es perder ahora un minuto, y así nos aseguramos… Que recorra al menos unos metros—dijo César con su habitual seriedad—, no sea que salgamos de lo malo… para meternos en algo peor.

Mientras todos esperaban en silencio la reaparición de la voz de Hilario, Marcos Montes se sumió de nuevo en sus reflexiones. «Este César… es un personaje curioso. No tiene sentido del humor, no parece tenerlo. En cambio, esa serenidad, esa… esa lucidez; es como si fuera el perfecto complemento de Álex… Álex me está sorprendiendo».

—He andado un buen trozo…

De nuevo era la voz de Hilario, llegando a través de capas y capas de algodón.

—¿Cómo?…

Varias voces chistaron a un tiempo imponiendo silencio.

—La galería está bien… Parece que está bien. No hay nadie aquí. Deben de haber ido todos hacia el elevador de… de extracción.

—Muy bien, espéranos ahí—dijo César—. Vamos a ir pasando uno a uno.

—¿Uno a uno?—dijo alguien, y la breve pregunta desató una oleada de protestas y comentarios que se superponían unos a otros caóticamente, en un guirigay incomprensible.

—No podemos ir uno pegado al otro. Hay que dar un intervalo.

—¡No, pegados no!

—¿Y quién va primero?

—Di mejor quién se queda último…

—¡A ver, por favor, un poco de silencio!—gritó César, generando una frágil tregua—. Tenéis razón…, hay que organizarse… A ver, ¿cómo lo haremos…?

—Por equipos—propuso Álex.

—¿Y qué equipo va primero?

—A mí me da igual. No me importa quedarme último.

—Yo lo que no quiero es ir en el medio. Mejor de uno en uno; cuando llegue al final, que…

—¿Y quién dice el que va primero y el que va después? ¿César?

—Pues quién si no. O el otro, Álex. ¿Por qué siempre tienen que ser ellos? ¡Joder! ¡Joder! ¡Estoy harto! ¡Harto de que no se vea una mierda!

De nuevo se había producido el caos de las dudas y las protestas.

«Están nerviosos—pensó Marcos Montes—, todo el mundo está nervioso. Es comprensible. La idea de meterse ahí dentro no le hace gracia a nadie. Ya es mucho tiempo el que llevamos metidos en esta oscuridad; y en cuanto a César... César parece que por primera vez está perdiendo un poco los papeles, a lo mejor es que él también está nervioso, que le da miedo meterse ahí..., y Álex...».

—¡Se acabó esta comedia!—atajó Álex en tono autoritario—. Tú, ¿quién eres?

—¡Ay! ¡No hace falta que me aprietes tanto... el codo, me ha pillado en todo el calambre...! Soy Fede Gormaz. Soy del catorce doce.

—¿Me conocías tú? Quiero decir ¿antes de hoy?

—No, no te conocía. A lo mejor de vista, pero aquí...

—Bien. Pues tú vas a escoger a la gente—dijo Álex—. Uno a uno; los coges por el brazo y los metes en el agujero. Al ritmo que te dé la gana... Eso sí, tú irás el último...

—¿El último?

—¿Pero cómo nos va a...?—empezó a preguntar alguien.

—¡Todo el mundo en silencio! ¡Ni una palabra más! Así no sabrá a quién escoge. ¡Y quietecitos! Yo me camuflo por ahí en medio, y César también. A partir de ahora nadie puede hablar hasta que no esté dentro del agujero. Allí sí, ya irá bien que habléis para dar ánimos.

Todo el mundo esperó que Álex dijera algo más. Pero lo que siguió a sus palabras fue el silencio, como si hubiera desaparecido de golpe, dejándolos a todos huérfanos, cada uno responsable de sus actos, cada uno mudo, temiendo romper el mágico equilibrio que se había creado.

—¿Qué pasa? ¿Qué pasa ahí?—se oyó decir a Hilario en la lejanía.

En medio de aquel imponente silencio, Fede tardó un poco en contestar, tal vez el tiempo que le llevó comprender y asumir su nueva responsabilidad, el papel que el destino, inesperadamente, le había deparado.

—Ya... Ya vamos. Enseguida llegará el primero—dijo finalmente, ganando seguridad a cada palabra.

No se oyó nada a continuación, tan sólo un leve ruido de pasos, luego una especie de roce, algún sonido de esfuerzo escapado de una garganta, y poco después las primeras palabras, con la conocida sonoridad opaca, amortiguada, del interior del túnel.

—No está tan mal... Se avanza..., se avanza bien por aquí. ¡Ánimo chavales!

Marcos Montes conocía al hombre que hablaba desde el túnel. Se llamaba Francisco Pino, y era de su mismo equipo, una de las pocas personas con las que Marcos cruzaba alguna palabra de vez en cuando.

Hace un rato que Marcos Montes está reptando por el agujero de la ventilación, entre un hombre que dice a cada poco «¡Qué asco de túnel!, ¡qué asco!»—un hombre que ha optado por combatir su propio miedo afectando ese hastiado desprecio—y otro que sólo pronuncia de vez en cuando algún monosílabo aislado, voluntarioso, gutural, como el niño que escribe sus primeras letras con esfuerzo mientras atenaza un lápiz demasiado corto y sujeta la lengua entre los dientes.

Marcos tampoco dice nada. Quiso hacer alguna gracia al empezar, para dar ánimos, pero su buen humor era falso e impostado, y no tardó en sentirse ridículo, de modo que al final optó por el silencio. La suya no era, de todas formas, la actitud mayoritaria: una especie de acuerdo tácito y sobreentendido, obligaba a aquellos hombres a romper el silencio y decir algo, preferiblemente positivo, en el momento de entrar en el túnel. Se oyeron comentarios de todo tipo, desde el que aseguraba que se estaba muy bien tumbado ahí dentro, y que se quedaría dormido si no le metieran tanta prisa, hasta el que juraba cambiar de vida si salía con bien de aquello, y no volver a entrar ni en el metro, con tal de no pisar un túnel.

Marcos estaba tan distraído escuchando esos comentarios, que no se enteró muy bien del momento en que le llamaron para entrar en el agujero, o tal vez entró cuando no le tocaba, interpretando como llamada lo que había sido un contacto fortuito de su brazo, con el de alguno de sus compañeros. Poco importaba ya. El caso es que se encontró de pronto arrastrándose por la humedad de la roca, con los hombros comprimidos por su propio peso y los músculos de la nuca trabajando para sostener su cabeza apuntando hacia delante, hacia la salida. La piedra estaba extraña, inusualmente húmeda. Incluso le pareció oír, en aquel primer momento, un rumor de aguas ocultas que fluían por encima de su cabeza, como si el agujero atravesara por debajo de un inconcebible río subterráneo. Estuvo tentado de comentar esa sensación con el hombre que le precedía, con el que se arrastraba detrás de él. Pero al final no lo hizo. Marcos había pensado—mientras esperaba que le llamaran—que podría ser contraproducente hablar dentro de aquel túnel, porque a lo mejor eso aumentaba la sensación de ahogo y apretura; pero luego, cuando ya era tarde para empezar a hablar, comprendió que su idea era equivocada, que habría sido cierto si dispusieran del sentido de la vista, mientras que, en la terrible oscuridad en la que estaban sumidos, la sensación de soledad y desamparo aumentaba con el silencio, y se amortiguaba, en cambio, con el calor de una presencia cercana.

Como le había ido ocurriendo cíclicamente desde el momento del accidente, Marcos empezó a relajarse ahora que su suerte y la de sus compañeros parecía otra vez encarrilada hacia un buen fin. De nuevo le invadía la certeza de que caminaban hacia la salvación; de nuevo encontraba ese extraño placer en dejarse llevar y renunciar a toda lucha, fundiéndose en el grupo como una proteína se disuelve en la tibieza del flujo sanguíneo, empujada a lo largo de venas y arterias por la fuerza de un bombear remoto. Su mente se relajaba de la tensión, y empezaba a desentenderse de los acontecimientos más inmediatos, volando libremente, sumergiéndose en aguas cada vez más profundas.

Paradójicamente, el entorno y las circunstancias le ayudaban a ensimismarse. El estrecho agujero de piedra, lejos de angustiarle, le acogía con su estrechez maternal, vagamente uterina. «Mucho más estrecho es el camino que recorre el feto en el parto—pensaba Marcos—, y en cambio conduce a una nueva vida, a un mundo abierto y lleno de aire; tan abierto, que el niño recién nacido siente nostalgia de la estrechez y el calor del vientre materno». Marcos Montes pensó, por inevitable asociación de ideas, en su hijo todavía no nacido; y recordó que aquella noche había soñado con él, con su hijo, aunque fuera transmutado—por

59

uno de aquellos absurdos mecanismos del sueño—en un mocetón ya bien criado e independiente. Entonces se acordó de que su hijo, en el sueño, le decía que no pasarían seis horas en el interior de la mina, sino muchas más; y ese recuerdo le trajo, como un fogonazo, la certeza de que esas palabras que a la postre habían resultado proféticas tenían alguna relación con algo que había visto en la televisión aquella misma mañana, distraídamente, mientras se preparaba o tomaba el desayuno. Pero, por más que se esforzaba, no conseguía recordar qué imágenes eran aquellas que había visto en el televisor.

El esfuerzo por recordar le resultó molesto, inútilmente desazonador, y Marcos lo apartó de su mente concentrándose por unos momentos en el sencillo ejercicio de reptar por el constreñido lecho de roca, apoyando bajo su pecho los codos y los puños cerrados. De esa forma, los hombros se mantenían a la altura del diámetro horizontal del agujero—el de mayor anchura—y sólo tenía que observar la precaución de no levantar demasiado la cabeza, para no golpeársela con algún saliente de los muchos que había en el conducto, rectilíneo en su dirección pero irregularmente excavado. También, de vez en cuando, hacía una pausa y dejaba caer la cabeza hasta que ésta reposaba sobre la piedra, humedeciéndola y aventando el polvo con su respiración, para así dar un descanso a los entumecidos músculos de la nuca.

Pero incluso de su cuerpo se llegaba a olvidar en algún momento, a pesar de lo incómoda y fatigosa que era su posición. Mientras su mente empezaba a divagar, tenía la inefable sensación de que la roca lo acogía y lo transportaba en su seno, de que eran las irregularidades del túnel las que empujaban sus codos, sus puños, sus rodillas, como si el agujero estuviera en movimiento y le expulsase hacia delante, siempre hacia delante, rodeando su cuerpo, abrazándolo, adaptándose a él.

Se acordó de Marina. Era extraño pensar en ella en ese momento, porque el recuerdo de Marina estaba siempre dormido, olvidado, como si la chica nunca hubiera existido; y sólo renacía en alguna noche insomne, en las vueltas y revueltas que daba su mente cuando se quería dormir y no podía, y la memoria empezaba a pasar revista a toda su vida, rescatando con malvada precisión los episodios más punzantes y conmovedores. Pero ahora, mientras el hueco de la piedra le empujaba hacia delante con su ritmo acompasado, la historia de Marina se aparecía con perfiles suaves y sensaciones agradables, sin la enfermiza nostalgia de otras veces, tan cercana al dolor y al arrepentimiento. Se veía de nuevo caminando por las calles, acompañando a Marina, su figura desgarbada, en el temprano anochecer invernal. La luz de las farolas, de los escaparates de las tiendas, de los faros movedizos de los coches, y Marina a su lado apretando la carpeta y un par de libros contra el pecho, hablando con él de cualquier cosa, de cualquier nadería, daba igual, porque todas las conversaciones eran sabrosas, y cada palabra era sugerente como un poema, como los besos que no se daban. Marina hablándole de las clases de gimnasia, de la ridícula bibliotecaria y su manera de chistar, y mirándole de vez en cuando, fugazmente, a través de sus rizos castaños. Y el pabellón que se acercaba, que estaba cada vez más cerca, inexorable, dispuesto a separarlos un día más; el pabellón, un polideportivo con una luz tristona, el suelo con aquel material sintético que se despegaba, y unos vestuarios con el acre olor de los hombres solos. Frente a su puerta se separaban. Nunca se dieron un beso. Pero no hacía falta; era mejor así. No hacía falta mirarse a los ojos, ni decirse que se querían; no hacía falta mencionar—daba miedo incluso—lo que había entre los dos, lo que les unía y les aislaba de todo lo demás, y les llevaba en vilo hasta las puertas del polideportivo. Lo agradable era hablar, mirarse fugazmente, despedirse, sabiendo que eso, enorme, poderoso, estaba entre los dos ocupándolo todo, iluminando su vida, iluminando las calles que recorrían y después, todavía después, el olor a sudor y lejía del vestuario, la repetida rutina, la cena, los padres, el ojo avizor del hermano, la foto de Marina escondida entre sus papeles, sonriente, fijada para siempre en la emulsión fotosensible. Toda la ternura de que es capaz el fotomatón, una vulgar foto de carné.

—¡Ya está! ¡Ya no queda nadie!

Los hombres están alegres, contentos como niños. Una vez más han rescatado a Marcos de su ensoñación, le han hecho volver a la realidad con sus gritos de júbilo, con sus expresiones de entusiasmo a duras penas contenido: una alegría explosiva, que lleva en sí la rabia y el desquite por todo el miedo que han pasado.

—Y ahora… ¡Que se hunda el agujero ese si quiere!

—¡Joder, Hilario…, qué aficiones más raras tienes! ¡Por nada del mundo volvería yo a meterme ahí!

—Ha habido suerte. Nadie se ha arrugado.

Marcos comprende que la explosión de alegría se debe a que ya han pasado todos al otro lado. Él también ha pasado, y ahora piensa que debían de quedar muy pocos compañeros detrás de él, pues le parece que hace tan sólo un instante aún estaba arrastrándose por el túnel. «De todas formas—reflexiona a continuación—, puede que haya pasado más tiempo del que me parece. Estaba demasiado distraído, con todos esos recuerdos que se me han venido a la cabeza… La verdad es que ni siquiera recuerdo el momento en que salí del agujero y me puse en pie».

—Y todo gracias a Hilario. ¡Quién lo iba a decir!

—No cantéis victoria tan pronto. Todavía hay que llegar a ese elevador.

Marcos ha reconocido la última voz que ha hablado, la que ha dado un toque de atención. Esa voz le resulta extraordinariamente familiar, de modo que llega a la conclusión de que tiene que ser alguien de su equipo, aunque al final no consigue identificarlo con precisión. La voz que suena a continuación sí que es inconfundible. Es la voz de César, y a Marcos le parece que articula las palabras con un cansancio y una lentitud que antes no tenía.

—Vamos a ver, Hilario, ¿conoces... conoces tú esta sección? ¿Dónde... por dónde se va a la unidad de procesado?

—No, la sección no la conozco—responde Hilario—, yo nunca he pasado de aquí, yo... yo sólo sé que el fondo del túnel está para allá, a pocos me...

—Hilario..., no podemos verte, ¿te acuerdas?

—Perdón..., perdón, es verdad. El túnel se acaba a la... sí, eso, a la derecha según se sale del agujero.

—Vale. Entonces hay que ir hacia la izquierda, pero... ¿y después qué?

—Yo... no lo sé—concluye Hilario.

—Yo estuve trabajando aquí, hace unos meses—dice entonces una voz que a Marcos no le resulta conocida.

—¡Sí! Tú eres Toni, ¿verdad?—dice otra voz.

—Sí. Juan Antonio Sánchez.

—Yo soy Raúl.

—Ya lo sé.

—Es verdad, Toni estuvo trabajando en esta sección—dice el tal Raúl con un entusiasmo que resulta un tanto ingenuo—, él sabrá cómo llegar al punto de acopio.

—Estuve por aquí—aclara Toni con un acento algo más escéptico—, unas cuantas semanas. Luego me cambiaron a la B, en la última reestructuración.

—¿Cuánto hace de eso?—pregunta una tercera voz.

—No sé…, ¿cuatro meses? No me acuerdo exactamente—responde Toni en actitud dubitativa.

—Bueno. Cuatro meses—dice entonces César—. No es tanto tiempo. No puede haber cambiado tanto esta sección…, tampoco excavamos tan deprisa.

—Te ha tocado, Toni—interviene entonces Álex—. Señores: hemos cambiado de guía; Hilario pasa a la reserva; ahora es Toni el que lleva el cartelito, no lo pierdan de vista.

—Sí. Sobre todo de vista.

«Como siempre, Álex ha salido al quite en el momento oportuno—piensa Marcos Montes—, ya están todos riendo otra vez. Es curioso… César parece cansado, como si el asunto ya no fuera con él, como si siguiera cumpliendo por obligación con su papel de líder. A lo mejor es que ha pasado mucho miedo en ese agujero… O tal vez no, tal vez lo que pasa es que él, César, no es un líder de forma natural; nunca lo sería en la vida normal, nunca sería un caudillo, y sólo en esta circunstancia tan especial, en la oscuridad, en la desesperación, se ha echado ese terrible peso sobre las espaldas. Y ahora que parece que nos acercamos al final…, ahora, precisamente, empieza a desfallecer».

—¿Qué, Toni? ¿Arrancamos?—dice Álex.

—Sí, claro, vamos, vamos. Supongo… supongo que me orientaré…

Los hombres se ponen de nuevo en marcha. Como ha ocurrido cada vez que han iniciado una de sus peregrinaciones, los mineros se agrupan más estrechamente en este momento, semejando más que nunca un rebaño en su esfuerzo individual y colectivo de no perder el contacto con el grupo. El minero que responde al nombre de Toni arrastra a sus compañeros desde la punta de la aglomeración, como la cabeza de un cometa. Es un hombre cauto, poco dado a los triunfalismos; o tal vez es de los que temen a la decepción, y no quiere entusiasmarse antes de tiempo. Lo cierto es que no han dado ni cuatro pasos cuando hace oír de nuevo su voz para lanzar una advertencia.

—Todavía falta—dice en tono quisquilloso—que no haya por ahí más derrumbes ni más sorpresas.

Marcos Montes se diluye gustosamente en el grupo, que avanza por la oscuridad de la galería. Dos ideas, dos sensaciones dominantes gravitan en su mente y condicionan todos sus actos: una es la impresión de que todo marcha a las mil maravillas, como una maquinaria bien engrasada, sin ninguna necesidad de su esfuerzo o su participación; la otra es la certeza serena y absoluta de que él y sus compañeros se acabarán salvando, y que saldrán a la superficie por medio del elevador de extracción, tal como estaba previsto.

«Ese tipo, Toni, hace bien en mostrarse cauto—dice Marcos para sí, cuando ya llevan un buen rato caminando—, pero tengo la impresión de que esto se acabará antes de lo que ellos se creen, porque ya hemos dejado atrás varias bifurcaciones y aquí no parece que haya ningún derrumbe. Seguramente esta sección está mejor que la nuestra… y ya no debe de faltar mucho para el punto de acopio».

Marcos se da cuenta de que hace un rato que el grupo camina en completo silencio, al tiempo que el ritmo de la caminata parece haberse acelerado progresivamente, imperceptiblemente, de modo que en este momento es mucho más rápido que cuando emprendieron la marcha.

«Sí, ellos también empiezan a ver que el final está cercano—piensa Marcos Montes—. Ellos, todos estos hombres que han contenido durante horas su miedo y su angustia, su ira, su autocompasión, que han acallado con mano férrea su esperanza, empiezan a pensar que tal vez hayan tenido suerte después de todo; que en esta sección no se ve ningún síntoma de derrumbamiento, y ya han recorrido decenas, cientos de metros sin encontrar más obstáculo que las previsibles vagonetas y perforadoras, y que por qué no van a creer, por una vez en su vida, que la fortuna les ha sonreído, y esta noche cenarán en su casa, con sus mujeres y sus hijos».

El convencimiento de que se acercan a su liberación

despierta en Marcos un sentimiento ambiguo y agri-dulce, una sensación de inefable melancolía. Casi le da pena abandonar las profundidades, la acogedora os-curidad que le permitió sumergirse en los recuerdos de su infancia, de su tardía adolescencia; que le ha per-mitido dejarse llevar y confiar en los hombres, en sus compañeros de cada día, y descubrir entre ellos per-sonas excepcionales, como César Torrijos, o congra-ciarse con Álex, el tipo al que más odiaba—o al me-nos eso creía—de entre todos ellos. En semejante es-tado de ánimo, la idea de emerger por el elevador de extracción hacia la luz agria y cegadora del día casi le resulta desagradable.

Aquí, acogido en el seno de la piedra, pudo recordar a Marina sin el tormento de otras veces, sin pensar en la segunda parte de la historia; evocándola de nuevo desde dentro, como si la estuviera viendo, su piel páli-da y pecosa, sus ojos ligeramente oblicuos, su mirada inquieta que se posaba de vez en cuando en la de Mar-cos, como una mariposa se detiene de repente, ofre-ciendo durante un segundo el dorado prodigio de su perfección. Y un día Marina le dijo: «Trae, ya te la lle-vo yo» porque él llevaba siempre una carpeta que se pa-saba constantemente de una mano a la otra, que se iba escurriendo bajo su brazo, entorpecido por el peso de la enorme bolsa de deportes que le colgaba en bando-lera. Y Marina cogió la carpeta con sus manos blan-cas y la colocó delante de sus propios papeles, para

68

apretarla directamente contra su pecho, y al hacerlo le miró unos segundos, con desafiante timidez, y la mariposa abrió las alas más que nunca, como si se entregara, y cuando se despidieron y ella le devolvió la carpeta, ésta conservaba una delicada tibieza, y olía a melocotón, el olor de algún suavizante barato que usaría su madre. Pero Marcos besó y acarició la carpeta durante horas, y aspiró ese aroma, y luego el fantasma de ese aroma en cuanto se quedó solo, de regreso a casa, y más tarde aún, en su habitación, cuando estuvo seguro de que su hermano ya dormía.

Por nada del mundo querría que su hermano conociese sus sentimientos, porque un día ya les había visto, a él y a Marina, caminando hacia el pabellón, y durante días se burló de él, y le incordió con toda clase de pullas dando por sentado, aunque Marcos lo negaba acaloradamente—o precisamente por eso—, que Marina era su novia, o algo por el estilo. Y sobre todo le había odiado, al hermano, cuando le dijo con un guiño picaresco: «Ya te lo montas bien, ya: ¡estas delgaditas, después, cuando se destapan, son las más guarronas!».

La voz del hermano todavía resuena en sus oídos, burlona, exagerando, para zaherirle, la vulgaridad de la dicción y las expresiones. Pero de pronto se le superponen otras voces excitadas, acaloradas; unas voces que al principio le parecieron airadas y ahora comprende que son voces de júbilo, y que están celebrando algo. Y solamente cuando descifra el significado completo de algunas frases se da cuenta de que continúa en el fondo de la mina, y son sus compañeros de peregrinación los que están gritando, comunicándose con otros hombres que les hablan y les llaman desde la oscuridad, a unas decenas de metros de distancia.

—¿Está ahí el punto de acopio?

—Sí, claro que sí. ¿Quiénes sois vosotros?

—Venimos de la otra sección, de la B...

—¡¿De la B?!

—Sí, de la B. B de Barcelona.

—Pero... ¡Eso no puede ser! La B ha quedado incomunicada, por un desplome.

—¿Ya lo sabíais?

—Enviamos a unos cuantos a inspeccionar, al ver que no venía nadie. Nos dijeron que la galería se había desplomado, completamente.

—¡Es verdad, estaba derrumbada!—protesta una nueva voz desde la lejanía—. ¿Y por dónde venís?, ¿de verdad sois de la B?

—¡Coño, que sí!

—Os dábamos a todos por muertos. ¿Por dónde habéis venido?

—Es una historia larga de contar... ¿Qué hay del elevador?

—Hace un momento que ha empezado a funcionar. Ya ha salido el primer grupo.

Una explosión de gritos de alegría impide por unos momentos que continúe la conversación.

—¡Un momento, tranquilos! ¿Estáis… estáis bien? ¿Habéis venido todos? ¿No falta ninguno?

—Creo que no. Todavía no hemos tenido tiempo de hacer un recuento como Dios manda, pero…

—¡Joder, tíos, pensábamos que habíais muerto! Nos han dicho desde arriba que habían perdido la comunicación con vosotros. Y al ver el derrumbe…

—El derrumbe no nos pilló. Hemos tenido un problema, digamos que… de baterías, en el comunicador.

—El nuestro tampoco va muy fino. Sólo pueden llamarnos desde arriba. Cuando vuelvan a llamar les diremos que estáis bien. Están organizando ellos los grupos de salida, con las listas que tienen arriba, habrá que decirles que os vayan intercalando. Y ahora en serio, ¿cómo habéis llegado hasta aquí? No se me ocurre…

—Uno de nuestros hombres es aficionado a inspeccionar los conductos de la ventilación. Hay uno que no tiene turbinas.

—¿De verdad? Yo pensaba que todos…

—En realidad nos ha salvado la vida, nuestro hombre. Se llama Hilario Rodero.

—Ya le podréis hacer un buen regalo, ya… Bueno… ahora… parece que por fin podremos estrecharnos la mano… A ver… ¡ahora! ¿Con quién tengo el gusto de hablar? Yo soy Ramón Codinas.

—Soy Álex Marín, y no me metas mano.

—Parece que no habéis perdido el buen humor.

—A la fuerza ahorcan, y además ahora estoy de buen humor, de verdad. Y con ganas de descansar, me perdonarás si no te presento a mis treinta acompañantes.

—¿Sois treinta?

—Más o menos. La gente de tres equipos.

—Aquí somos bastantes más, incluso ahora que ya ha subido el primer grupo.

—Pues no hacéis mucho ruido.

—Nos hemos organizado; cada equipo tiene un portavoz, que es el que habla. Antes… todo el mundo hablaba a un tiempo, y era un follón. Pero sentaos por aquí, y descansad un poco; ahora sólo nos queda esperar.

—Oye, ¿y cuántos suben en cada viaje?

—Quince personas.

—¿Sólo quince?

—Se ve que el motor sólo trabaja con dos fases, y si se recalienta puede ser peor. De todas formas, en unas horas estaremos todos arriba… Si tus hombres no nos vuelven locos a base de gritos.

—Los chicos están contentos.

«Sí—piensa Marcos Montes—, los hombres… los chicos… Los hombres se comportan como niños cuando van en grupo… En la escuela, luego en el servicio militar, más tarde en la fábrica, o en la mina; en realidad es siempre lo mismo. Solamente cuando está solo, en la singularidad, se comporta el hombre como un ser adulto. Por eso los líderes surgen siempre de forma tan natural, como si fueran aclamados por unanimidad, porque son los que demuestran un comportamiento más individual. Son los que crean las normas en vez de seguirlas».

Marcos piensa en César, en cómo se ha eclipsado discretamente en la última parte de la peregrinación, dejándole a Álex la responsabilidad de llevar la voz cantante. «Seguro que está sentado, descansando—piensa Marcos—, disfrutando de la discreción y el anonimato que le proporciona la oscuridad». Marcos hace lo mismo; busca a tientas una pared; al final da con ella, y se deja resbalar hasta quedar sentado en el suelo, con la espalda apoyada en la roca. Cuando ya se ha sentado se da cuenta de que a un lado y otro hay más hombres, probablemente sentados en la misma actitud que él. No hablan, han optado como él, o como César, por el silencio, pero Marcos intuye su presencia, la percibe en el sonido de sus respiraciones, del arrastrar de un pie o una mano, de sus olores penetrantes y diferenciados.

Un poco más lejos, en cambio, se produce una animada conversación. Son los hombres de su grupo, alguno incluso de su mismo equipo. Marcos oye distraídamente, le parece que alguien insiste, con cierta vehemencia, en que hagan un recuento, mientras que otro le contradice y menciona las listas, habla de los de arriba... Pero Marcos ya no presta atención. Se da cuenta en ese momento de que ha pensado muy pocas veces en su mujer, o en su futuro hijo, en todo el tiempo que ha durado su ciego deambular por las galerías. Está pensando en eso, intentando razonar ese extraño olvido, cuando una ligera ráfaga de aire le trae un olor muy peculiar que procede de su izquierda, el lado en el que sus anónimos acompañantes se mostraban más silenciosos. Marcos gira la cabeza en esa dirección y ensancha las fosas nasales, procurando silenciar su esfuerzo olfativo.

—¿Gabriel?… ¿Está aquí Gabriel?—dice al cabo de un rato.

—Sí, soy Gabriel—responde una voz con un acento muy característico, que Marcos reconoce al instante—, y tú eres Marcos, ¿verdad?

EL DIÁLOGO

—¿Cómo es que estás aquí?—preguntó Marcos—. Pensaba que te habías ido, que ya no trabajabas aquí.

—Ahora yo soy en esta sección.

—Pero yo te vi... aquel día... te enfadaste, vi cómo te marchabas.

—Me fui, pero después volví.

—Pues... visto lo visto... casi hubiera sido mejor que no volvieras. Para pillar el único accidente en no sé cuántos años.

—Oh, quién sabe. Accidente... hundimiento... a lo mejor suerte.

—No, claro; salir de aquí sanos y salvos, como parece que vamos a salir, no deja de ser una suerte, pero... escúchame: lo que me intriga es que te dejaran volver. Aquel día nos dejaste... bueno, les dejaste colgados; ni siquiera subiste al elevador.

—Pues mira, llamaron ellos a mí.

—¿En serio?

—Sí, después dos días. No tiene mérito: muchas bajas y... yo ya conozco trabajo... Ah, y además dije condiciones, yo.

—¡Venga ya!

—Es verdadero; les dije que no quiero trabajar con vuestro equipo.

—¿De verdad? ¡Qué bueno!

—No tiene mérito. Necesitaban para otra sección.

—Sabes, yo... últimamente... pensaba mucho en la posibilidad de un accidente. Intentaba imaginar cómo sería un derrumbamiento, cómo sería morir de esa manera. No es que me llegara a obsesionar; bastaba con un pequeño esfuerzo para olvidar el tema, pero... ahora, viendo lo que ha pasado, pienso si no sería una corazonada, una especie de presentimiento... Aunque la verdad es que me lo imaginaba de muchas maneras, pero no precisamente como ha sido al final.

—Tú piensas demasiado. Todos pueden morir; en trabajo, con el coche, con enfermedad. Si todos pensaran... Mira, es como las gacelas: las gacelas saben que en la llanura hay un león; pero es un solo león, y ellas son muchas veces ciento; entonces siguen comiendo la hierba buena. A veces león come una gacela; es como aquí; aquí no hay león, pero hay mina, y carretera, y enfermedad; pero la gente sigue viviendo igual. Si una gacela se va a donde no hay león, a lo mejor se muere, porque la hierba buena está en la sabana.

—Ya, pero nosotros somos seres humanos; es lo que nos diferencia de los animales. A veces... a veces pienso que los verdaderamente lúcidos, los que han tenido un vislumbre de la verdad, son los que tienen miedo, los que no se atreven a volar en avión, los que temen obsesivamente contraer un cáncer y acaban padeciéndolo, los que no pueden soportar este mundo y... y... ¡Da igual!

—Demasiadas palabras. Las palabras son más complicadas que pensamiento.

—Qué suerte tienes. Yo más bien creo que es al revés.

—No pienses más. Oye, dime, ¿cómo a mí has conocido? ¿Cómo supiste que era yo aquí, en oscuro?

—Pues... bueno...

—¿Tienes ojos de gato? Aunque incluso gatos no pueden ver nada aquí.

—Mira... la verdad, tío: te he conocido por el olor.

—Ah, ya... Olor...

—Pues sí. Ya ves. A nosotros nos resulta muy peculiar el olor corporal de los... de los que venís de allá abajo, se ve que es una cuestión... una diferencia en la función de las glándulas sudoríferas. Supongo que a vosotros también... cuando oléis a un europeo...

—Sabes: vosotros oléis a muerto.

—¡Coño!

—Sí, a animal muerto, en carnicería, cuando le han quitado piel y la sangre y tripas. Entonces que está colgado, entonces huele así.

—Es curioso. Nunca hubiera pensado...

—No importa. Al final te acostumbras, cuando todos huelen así menos tú.

—Es un curioso punto de vista... No nos vendría

mal que nos recordaran… que nos hicieran ver las cosas desde otro punto de vista, de vez en cuando.

—Tú siempre piensas mucho. Muchas palabras, demasiadas palabras dentro de cabeza; no te dejan ver las cosas. Es muy sencillo, asunto de olor: los que son muchos pueden más que uno, dicen «Esto bueno, esto malo», pero no siempre tienen razón.

—Lo has… lo has expresado muy bien. Yo también sé lo que es estar en minoría.

—Sí, ya sé que tú eres diferente.

—Querría serlo, pero en realidad no lo soy; no como debiera. Yo… antes te lo quería decir: aquel día, cuando te marchaste enfadado, yo sabía por qué te ibas; había visto a aquéllos… cómo se metían contigo en el vestuario… Ya lo pensé: «Éste no va a aguantar más, se están pasando»; pero, como siempre, procuré alejarme de ellos; y después, cuando iba hacia el elevador, te vi salir camino del *parking* y… ahora te lo puedo decir; es una suerte que hayamos coincidido aquí, porque me quedé con una sensación muy desagradable, de culpabilidad, por no haberte dicho nada.

—Pero tú no has hecho a mí nada malo.

—¡Pero tampoco te he hecho ningún bien! Aquel día estaba yo solo, ya sabes que siempre salgo del vestuario antes que nadie; no había nadie alrededor, sólo tenía que darte un grito, desviarme unos metros y hablar contigo, decirte… no sé, decirte al menos que lo sentía, que aquellos dos, y el otro, son unos cabrones, y que te lo pensaras, que era injusto, todo, lo que hacían contigo, como te trataban; pero que hay gente, como yo, que eso no... no nos parece bien, que te apoyamos y...

—Pero tú ya me haces bien. Hablas siempre conmigo; hablas normal, como un hombre a otro. Tú eres diferente, yo lo he visto. Otros hablan mentiroso, como hombre a niño, o insultando, como hombre a perro.

—Sí, pero es siempre cuando estamos solos.

—También cuando hay otros. Yo recuerdo...

—Según qué otros. Mira, hace tiempo que... que tengo una preocupación. Yo... yo tengo claras mis ideas, mis convicciones, y en mi vida privada, con mi mujer, pensamos... tenemos muy claro que hay que acoger bien a los que vienen de fuera, tratarlos de igual a igual y ayudarles, porque algunos tienen muchas necesidades. Yo lo hago así en el trato personal, individual, pero a veces... hace tiempo que pienso que no basta con eso, que tengo que ir un poco más allá...

—Entonces qué, ¿me dejas tu casa, y tu mujer?

—Falta que ella quisiera, ¡no sabes cómo es!... No, en serio, a veces oyes a la gente decir unas barbaridades terribles, no sólo aquí, en la mina: por ahí, en la calle; unos comentarios completamente racistas, pero... son tus iguales, mis iguales, el vecino de al lado, un abuelete... los conoces de toda la vida y... no estás de acuerdo con lo que dicen, te das cuenta de que se equivocan, pero... sonríes... Sí, yo lo hago, me pongo la típica sonrisa, una sonrisita de suficiencia, como disculpándoles, como quien disculpa a un niño por su incorrección. Pero no les digo que están equivocados, no intento convencerles. No les explico cuáles son mis ideas al respecto. Y ahora, desde hace un tiempo… creo que no se puede ir así por la vida; creo que los que tenemos las cosas claras tendríamos que hacer campaña, tendríamos que hacer pedagogía. Por lo menos cuando te encuentras de cara con… con la intolerancia y… en realidad, con la ignorancia, porque…

—Momento, momento. Muchas palabras en poco tiempo… pero yo entiendo bien. Tú piensas demasiado. Si pensar mucho las cosas, las cosas vuelven más complicadas. No tienes que preocuparte; tú ya haces bien. Haces más bien con lo que haces, que con lo que no haces.

—Tu lógica es aplastante, pero… si además de lo que ya hago, hiciera lo que todavía no hago pero creo que se debería hacer, entonces aún sería mejor.

—Me estoy mareando. En mi pueblo hacemos un juego así, a los niños, para que se tropiece lengua.

—Mira… has conseguido que me ría. Tú sí que me has hecho un bien.

—Ah, entonces… ¿yo también puedo hacer bien a ti? ¿No tienes tú exclusiva?

—No dominas mucho nuestro idioma… pero te defiendes muy bien. Tengo la impresión de estar recibiendo una lección.

—Tú sí que podrías dar lección, en liceo. Palabras

complicadas, pero se entiende todo. ¿Por qué tú trabajas aquí, en fondo de la mina?

—Soy un buen perforador; siempre me han gustado las máquinas…

—Yo pregunto una cosa, tú contestas otra.

—Para mí, este trabajo es casi perfecto. Me dejan en paz; si el túnel avanza al ritmo adecuado nadie se mete conmigo; tengo tiempo para pensar, y la jornada es corta, y además está bien pagado.

—Pero tú has nacido aquí, tus padres nacieron aquí. Los que son como tú están arriba, en las oficinas, cobrando lo mismo por estar sentados, con la calefacción. No bajan en fondo de la mina con peligro de derrumbe.

—Bueno, ahora me toca a mí. ¿Y tú? ¿Por qué estás trabajando aquí? ¿Qué hace un africano trabajando en una explotación aurífera? No me digas que no es complicarse la vida. Aquí la minería está copada por los americanos…

—¿Por qué llaman así, americanos?

—Nunca lo he sabido; desde luego, no por venir de América. Será por lo de la fiebre del oro, o yo qué sé. Pero no nos desviemos del asunto. Ellos dominan el mercado de trabajo en este sector; si dejan algún puesto libre es porque no les queda ninguno de los suyos por colocar.

—Pero ellos también inmigrantes; del mismo país, pero inmigrantes.

—Algunos ya nacieron aquí. Son la segunda generación; sus padres sí que vinieron todos de por allá. Allá estaba la población, la necesidad, y aquí la industria y la riqueza. Fue la primera oleada; pero venían tan necesitados como podéis venir ahora vosotros. Por eso me parece tan inconcebible que… que tengan tan poca memoria. Han conseguido un cierto estatus y ya… ya desprecian al que viene de fuera. No son todos, desde luego, pero… en fin, aquí en la mina tenemos algunos ejemplares bastante significativos.

—Tú quieres decir Álex y sus amigos.

—Sí, la verdad. No entiendo…, me parece demencial lo que hacían contigo, cómo te trataban.

—Oh, no te preocupes. Ellos no están bien. Ellos no contentos, en su vida, y por eso hacen así.

—No sé qué decirte; a veces la crueldad es tan fría, tan gratuita… Eso es lo que da miedo, que no haya una causa clara e identificable. Y al mismo tiempo, en otros aspectos de su vida son capaces de… Hoy mismo, cuando andábamos perdidos buscando la salida, Álex me ha sorprendido. Se ha portado muy bien, ha sido… ha sido muy útil. En realidad… no sé si habríamos salido con bien de no haber sido por él y algún otro tipo, sobre todo uno que se llama César, yo no lo conocía. Pero él y Álex… se han mantenido firmes, han llevado el timón en los momentos delicados. En cambio yo, por ejemplo, he sido más pasivo… no sé… a lo mejor es porque veía que todo iba bien, que ellos lo estaban haciendo bien…

—Hay que dar golpe muy fuerte a una espada, para saber si es buena espada. A veces, al ponerla en el yunque, espada bonita y brillante se rompe. En cambio espada negra y oxidada aguanta los golpes del martillo, y sale mejor que antes. No puedes castigar para siempre por una sola falta.

—De verdad que estoy aprendiendo un montón contigo. Pensaba que me iba a aburrir esperando… y mira… Pero no te creas que me despistas con tus filosofías. No has respondido a mi pregunta, ¿te acuerdas? ¿Por qué te has metido a trabajar en una mina? Y no me digas que es sólo por el sueldo.

—No, el sueldo también, el sueldo es además; pero sobre todo es por el oro.

—¿Por el…? ¿Qué quieres decir?

—Sí, me gusta el oro, me gustan las cosas de oro.

—Pero… ¿y por eso te has metido en una mina de oro?

—Eso es normal. Me gusta el oro, vengo donde hay oro.

—Pero… no es así. Tú… tú llevas algún tiempo trabajando aquí; sabes… sabes cómo funciona esto; esto no es como en el Oeste, en las películas. Aquí no sacamos pepitas de oro; aquí, en realidad, matamos moscas a cañonazos. ¿Que quieres un gramo de oro? Pues saca una tonelada de mineral, y procésala arriba. La cosa funciona así, yo… yo no entiendo mucho, pero… no sé, me parece que…

—Aquí hay oro.

—Sí, en eso tienes toda la razón; es tu lógica aplastante. Pero no puedo evitar… Es como… yo qué sé, como si a ti te gustase mucho la comida, comer los platos más exquisitos, y te conformases con entrar en las cocinas para aspirar el olor. No, menos aún, que el olor a veces alimenta de lo bueno que es.

—A ti preocupan mucho los olores.

—No desvíes la conversación. A ti te gustará el oro; pero lo que es aquí, te aseguro que, no ya tocarlo… es que ni siquiera lo vas a ver.

—Quién sabe.

—¿Cómo que «quién sabe»? ¿Qué insinúas?

—Es como accidente, derrumbamiento. A lo mejor al final es bueno.

—Ahora sí que me he perdido. No entiendo qué relación puede tener una cosa con la otra.

—…

—¿Cómo dices? Habla más alto; no oigo nada.

—…

—Tienes razón. Vamos a estirar un poco las piernas. Ya… ya se me estaba quedando la espalda con la forma de la roca.

—¿A dónde me llevas? Nos hemos alejado mucho; aquí ya no puede haber nadie, créeme; están todos allá, en torno al elevador, esperando noticias.

84

—No quiero que nadie oiga.

—Tendríamos que hablar a gritos para que nos oyeran.

—Así es bueno. Sólo tú puedes saber.

—Pero ¿qué... narices tengo que saber?

—Yo hice descubierta.

—Descubriste algo.

—Eso. Un día, buscando hueco; buscaba un sitio para esconder herramienta.

—¿Qué quieres decir? ¿Que escondes por ahí la herramienta?

—Pequeña herramienta, mosquetones y eso; sino desaparece, gente del otro turno roba.

—¡Joder, pues vaya gentuza! Me parece que en esta sección no te va mucho mejor que en la nuestra, nunca había oído que...

—Es igual, eso no importante ahora. Lo importante es descubierta. Encontré hueco, pero era agujero; cabía brazo, y dentro estaba...

—¡Espera! ¡Un momento!... ¿Qué es eso?, ¿qué pasa ahí?... Algo pasa, hablan mucho, y todos a la vez...

—Desde aquí yo no entiendo. Tú entiendes mejor.

—Será que llaman a otro grupo, para subir, o... No, espera... hablan del accidente, del derrumbe... Un momento... ¡joder! Se ve que al final hubo alguna víctima... ¡qué putada! Lo deben de haber descubierto ahora. Se lo habrán dicho los de arriba. Bueno... si es eso, ya no se puede hacer nada. Lo siento, pero… no se puede hacer nada… Es igual. Va, rápido, explícame eso del agujero y luego volvemos; que me tienes bien intrigado.

—Metí brazo, y dentro estaba hueco, parecía agujero grande, a lo mejor cueva. Entonces cavé un poco, cuando no pasaba nadie, y después tapé con piedras. Hice así cuatro días, cavando poco, y el cinco ya podía entrar cuerpo, pero muy tarde, ya no podía. Día siguiente entré. ¿Y sabes qué hay dentro?

—No me digas que era un conducto de la ventilación…

—No. Era cueva. Y dentro hay oro. Mucho oro.

—¿Que hay…? ¡Eso no puede ser!

—Yo no soy mentiroso. ¿Por qué quería yo mentir a ti?

—No sé… es que se me hace muy difícil… Y ¿qué… qué quieres decir con eso de que «hay oro»? ¿Está… forma parte de la roca o…?

—Yo quiero que tú veas. No hace falta cavar para coger el oro.

—Un momento, un momento. Dame tiempo para… ¿Quieres llevarme a ese sitio?… ¿Y qué es eso de «coger el oro»?

—Tú lo verás. Entonces convencido. ¿Por qué no tener suerte yo una vez en mi vida? Yo he encontrado oro. Sólo falta sacarlo de mina. Tú me ayudas, y doy a ti también. ¿O prefieres que regale a Álex?

—A ver, un momento, aquí hay varias cosas que...
¿Dónde está eso? Y además...

—Está cerca. Yo he marcado bien. Encontraré.

—Bueno, lo has marcado bien, y ahora lo encuentras
en la oscuridad. De acuerdo. Pero yo no podré ver el
oro ese que tú dices. ¿O es que tienes una linterna por
ahí escondida?

—No hace falta. El oro se ve, hay luz en el oro.

—¡Pero si no hay luz en toda la mina!

—No, no luz eléctrica: el oro da luz, como cuando
sale de fragua, pero está frío.

—¡Tío, me lo estás poniendo difícil! Cada vez es
más inverosímil todo eso. Aunque... bueno, podría
ser; el oro... podría estar impregnado de fósforo, o...
o alguna otra sustancia. No es imposible, oí una vez
que, no sé dónde... Pero... ¿y cómo estás tan seguro
de que es oro eso que viste ahí? Y con una luz que...

—Tienes que verlo. Entonces creer. Entonces Gabriel verdadero.

—Venga. Vamos allá. Te sigo. Malo será que nos llamen ahora para subir. Aunque la verdad es que me da
igual, si por mí fuera subiría en el último grupo. No
tengo ninguna prisa; lo digo porque si no nos encuen-
tran nos buscarán.

—Entonces mejor deprisa.

—Pero que conste que no te sigo por la codicia. Tengo curiosidad, porque no me lo acabo de creer; soy escéptico por naturaleza; pero aún suponiendo que fue-

ra tal como tú dices, yo no querría sacar ningún beneficio, no querría ni un gramo de ese supuesto oro.

—No quieres meter en líos.

—No, no es eso. O sí que es, pero no exactamente. Digamos que no hay millones que me compensen de la inquietud y las preocupaciones que me generarían, y el hecho de que el oro pertenezca a una gran compañía no es la menor de esas preocupaciones. Y que conste que metería un lingote en cada bolsillo, para ayudarte, eso sí. Pero no me atrae el dinero fácil. Y cuanto mayor sea la cantidad, peor aún.

—Todos quieren tener más dinero.

—Del mismo modo se podría decir que todos se sienten superiores a los que vienen de fuera buscando trabajo.

—Ya sé. Tú eres diferente. Pero yo no pensaba que tan diferente.

—Pues vete acostumbrando. Oye, y ahora que lo pienso, ¿cómo sacarías el oro…? Cualquier cosa que salga de aquí abajo es propiedad de la compañía, y ahora que lo pienso, los vestuarios…

—Ahora lo piensas, ¿verdad? Gabriel tenía razón. Tú dices que nunca veré oro aquí, pero en duchas entramos desnudos, y salimos por otra puerta. Imposible volver; mecanismo de puertas no deja.

—La verdad es que nunca… Yo pensaba que era por las herramientas, para que nadie se llevara nada de la mina.

—Eso. Nada. Ni herramientas… ni oro.

—¿Y entonces, cómo piensas…? ¡Un momento, ahora me doy cuenta! He necesitado media hora de… pero ahora me doy cuenta. El derrumbe, el accidente… Es el día más indicado.

—Tú has comprendido. Nadie nos ve cargar oro, y nadie…

—Nadie registrará a unos héroes que han sobrevivido a una catástrofe, que saldrán del elevador a los brazos de sus mujeres y sus hijos, a las cámaras y los micros de los periodistas, a las ambulancias y los servicios médicos…

—Todo menos duchas. Cuando alguien feliz, no importa sucio.

—Que conste que todavía no me lo creo. Te sigo para sacarte del error, porque pienso que a lo mejor has visto algo que…, vamos, que te has confundido. Y además, ¿dónde está eso? Ya hemos andado un buen trecho.

—Un minuto y tú creerás.

—¿Sabes? Estaba pensando que si esto fuera una película no habría ni cueva, ni oro, ni nada de eso; sino una muerte cruel para mí. Sería una venganza que habías planeado tú para castigarme por mi cobardía, por mi caridad hipócrita de fariseo.

—¡Alto! Es aquí.

Marcos Montes notó que Gabriel se agachaba, y a continuación oyó un entrechocar de piedras, y un ruido como de objetos arrastrados por el suelo.

—Es por aquí—dijo Gabriel cuando cesó su actividad—, yo entro primero, y tú después.

Marcos se agachó con cierta cautela, y cuando llegó al suelo tan sólo alcanzó a tocar los pies de Gabriel, que desaparecían a toda prisa, como si se los tragara la pared de roca. Pero la boca que se los había tragado continuaba abierta. La pared, efectivamente, tenía un agujero. Marcos recorrió con los dedos sus contornos irregulares, mientras tropezaba y se lastimaba en las rodillas con las piedras que Gabriel había apartado para dejar abierta la entrada.

El paso era muy estrecho. Gabriel era un hombre delgado y enjuto, y a Marcos apenas le pasaban los hombros por el hueco. Finalmente lo consiguió con cierta aprensión, cerrando los ojos por el esfuerzo, y por el dolor, y por el polvo molesto e irritante que se desprendía de las paredes. Hasta que de pronto, con las piernas todavía fuera, notó que sus brazos giraban libremente en el interior, sin encontrar obstáculos. Abrió los ojos, y se maravilló al contemplar con toda nitidez el interior rocoso y abovedado de una cueva.

EL DILEMA

La cueva estaba sumida en una oscuridad casi total, pero había una luz suave y amarilla, extraordinariamente cálida, que incidía lateralmente en los bultos y los salientes de la concavidad, dejando en sombra los rincones más escondidos. Marcos se sorprendió al pensar en lo natural que le había resultado volver a usar la vista, después de tantas horas de forzosa ceguera, y en lo poco que se habían quejado sus ojos, cuyas pupilas tenían que estar forzosamente dilatadas al máximo; pero llegó a la conclusión de que aquella luz debía de ser muy tenue; tanto que un ojo llegado directamente de la claridad del día, probablemente se habría encontrado completamente a oscuras durante unos minutos.

«¿Y Gabriel?—pensó de repente—. ¿Dónde está Gabriel?». Se puso en pie, y miró instintivamente hacia su izquierda, en la dirección de la que parecía proceder la luz. Un negro bulto de roca tapaba el origen de aquel resplandor cálido, que allí era mucho más intenso. Marcos avanzó unos pasos, cautamente, estirando el cuello en aquella dirección, descubriendo centímetro a centímetro lo que había tras el saliente.

«¡Ahí está!—dijo para sí—. Pero… ¿Qué es eso?… ¿Qué hace?». Gabriel estaba en una especie de oquedad que la gruta tenía en aquel extremo, a modo de otra cueva anexa y más pequeña. Estaba arrodillado; y lo primero que pensó Marcos es que había encendido un pequeño fuego, frente al que se calentaba las manos o rezaba, en una especie de ritual. Era una idea absurda, porque no había tenido tiempo material para hacer ningún fuego, pero ésa fue la impresión que le produjo a Marcos, a primera vista, el resplandor cálido y amarillento que iluminaba el rostro de Gabriel, y todo aquel rincón, sobreponiéndose a la penumbra que reinaba en la cueva. Pero al poco tiempo comprendió que el resplandor no lo producía ningún fuego, sino que de alguna manera emanaba de una serie de objetos que Gabriel tenía a su alrededor, y que acaparaban, al parecer, toda su atención; tanto, que parecía haberse olvidado por completo de la presencia de su acompañante.

—Gabriel…—dijo Marcos mientras avanzaba unos pasos en dirección a él; y su voz tenía más de interrogación que de llamada.

—Yo te lo dije… y tú no creías.

Marcos se paró en seco. Gabriel había hablado sin mirarle, sin poder apartar la vista del último objeto que había cogido, y que se escurría de entre sus manos como una arena dorada. Marcos lo contemplaba boquiabierto, incapaz de moverse, incapaz de sustraerse a la fascinación de lo que estaba viendo. Lo había comprendido todo. No era arena lo que a Gabriel se le escapaba de entre los dedos con aquel fluir serpentino; eran cadenas de oro, un amasijo de finísimas cadenitas del oro más brillante y luminoso que Marcos había visto en su vida. Y lo que había en el suelo, por todas partes, haciéndole de colchón a Gabriel, trepando por las paredes cóncavas, eran monedas y collares, ajorcas, brazaletes, tiaras, vasijas, platos, vajillas enteras; todo del mismo material, todo con el brillo inconfundible del oro, y con aquella luminosidad que—Marcos lo sabía perfectamente—no tenía ninguna lógica, pero ahí estaba, iluminando la cueva con su dorada combustión, bañando aquel rincón en una luz melosa y ambarina.

Marcos Montes retrocedió un paso, y otro, y después otro. Más allá de la instintiva rebelión que agitaba su mente, instándole a encontrar una explicación racional a lo que estaba viendo, le dominaba un temor visceral, una inefable repulsión por la actitud de Gabriel, su gesto de adoración tan ávida como embelesada. No podía soportarlo, y además Gabriel se había olvidado de él, no le prestaba ninguna atención.

Se dio la vuelta, mirando por unos momentos el resto de la oquedad. La cueva podría haber sido natural, pero también excavada por el hombre; las formas que revelaba el insólito claroscuro de oro y sombras, no permitían una sentencia categórica en ese sentido. «Puede ser—pensaba Marcos Montes—, puede ser que alguien dejara aquí este tesoro; supongamos… supongamos que la cueva es natural, y que tiene alguna entrada desde el exterior; no es disparatado suponer que… ¿Pero cómo es que el oro tiene luz propia? Eso sí que no tiene ninguna lógica; es como si… como si tuviera luz sólo para que podamos verlo. ¡A lo mejor es radioactivo, pero… no, no puede ser, la materia radioactiva no emite luz dorada, y además… la radiación sería brutal, habría matado a Gabriel hace días y la habrían… la habrían detectado los equipos de prospección… ¡Un momento! ¡¿Qué es eso?!».

Marcos había visto algo en el otro extremo de la gruta, algo que emergía tenuemente de la oscuridad, apenas tocado por la luz, algo con un atisbo de brillo frío y una arista precisa, geométrica, que lo diferenciaba de las formas rocosas más cercanas. Olvidándose de Gabriel, caminó en aquella dirección; y al empezar a andar, su mente—que de alguna manera había seguido trabajando por debajo del nuevo descubrimiento—le mandó una señal de alarma en forma de irrebatible razonamiento. «No puede ser, todo esto es absurdo, me esfuerzo en darle una explicación lógica, cuando en realidad no la tiene. Los equipos de prospección, los ingenieros… exploran los estratos con ultrasonidos para analizar las vetas; habrían detectado la cueva hace meses, desde el primer momento. Esto no tiene sentido». Lo que vio entonces, lo que emergió lentamente de las sombras—a medida que Marcos se acercaba—hasta adquirir una forma concreta e inconfundible, no hizo sino reafirmar su última conclusión.

En el rincón más apartado de la cueva, apenas tocada por el resplandor que fulguraba en el otro extremo, una vistosa motocicleta reposaba sobre su caballete lateral, con una inclinación, unas proporciones en su longitud y su asiento bajo, que a Marcos le resultaban inconfundiblemente familiares. Marcos sabía qué moto era aquélla, podía reconstruir en su memoria, con fiel precisión, las partes que la severa penumbra ocultaba a la vista: el generoso grosor de los neumáticos, las alforjas de piel, el indicador de temperatura debajo del asiento, en el vértice del depósito de aceite, la piña del contacto con su peculiar situación cercana a la batería. La anchura maternal del depósito de combustible, dividido por la mitad. No necesitaba acercarse más, ni palpar con los dedos en las letras en relieve de la tapa lateral, para saber el modelo exacto, e incluso el año aproximado de fabricación de la motocicleta.

No podía ser de otra manera; ahora todo tenía sentido, todo adquiría una lógica coherente, aunque fuera a costa de ingresar en un terreno mucho más inquietante y movedizo que el que hasta ese momento creía estar pisando. Marcos Montes no había tenido nunca esa moto, ni siquiera la había llegado a conducir... pero la había deseado durante años, desde que todavía era un adolescente hasta la edad adulta, hasta hacía bien poco. Nunca llegó a comprarla, al principio porque no podía, porque el precio la convertía en algo inalcanzable, y después, cuando ya se lo podría haber permitido, porque ya estaba casado, y había otras prioridades y… le parecía un capricho demasiado caro. Pero conocía perfectamente esa preciosa máquina, porque había ojeado cientos de veces catálogos y revistas acerca de ella, y la había manoseado, al natural, en concesionarios y exposiciones.

Marcos llegó al lado de la moto. «No sé por qué ocurre esto —pensó mientras acariciaba la superficie lacada y fría del depósito—, no entiendo quién lo hace, quién hace posible esta locura, ni con qué finalidad. Pero está claro que todo lo que estoy viendo: la cueva, el oro, la moto… no es más que una ilusión, no puede ser más que una ilusión, por muy real que parezca. Este sitio… este… debe de ser como un espacio mental, un lugar en el que se le ofrece a uno aquello que más deseaba. Gabriel quería oro; le gusta el oro, las cosas de oro, y ahí lo tiene, en cantidades industriales. Yo siempre quise comprarme esta moto, aunque nunca me decidí. Tal vez… ¡claro! Este lugar, o lo que sea, sólo puede conseguir objetos, cosas materiales, algo que se pueda recrear con los sentidos. Tal vez en este momento algo, alguien, está estimulando mis sentidos, mi cerebro, para crear esta realidad, pero… entonces… ¿dónde está mi cuerpo? ¡Joder, yo lo noto! Noto mi cuerpo, me siento vivo, y despierto, más despierto que esta mañana, cuando me he levantado muerto de sueño».

La teoría que a toda prisa estaba apuntalando Marcos presentaba algunos aspectos sombríos, que apenas se podían insinuar sin un estremecimiento. De pronto sintió un vértigo mareante, existencial, y se obligó a cortar en seco sus reflexiones. La moto, en cambio, estaba ahí, tangible y corpórea, grávida. «295 kilos, ochenta pulgadas cúbicas, par motor industrial y potencia suficiente», dijo Marcos para sí, repitiendo algún lema publicitario. Y empezó a tocar, con un placer que tenía mucho de sensual, el mullido del asiento, los puños forrados de piel, el tacto elástico y preciso del puño de gas, el levísimo clic del microcontacto de la luz de freno, al apretar suavemente la leva. Marcos sujetó el manillar con ambas manos y puso la moto en posición vertical, empujando también contra el asiento con la parte baja del muslo. La moto se volvió más manejable en cuanto alcanzó la vertical, como si hubiera perdido kilos de peso. Todo ello era previsible, y respondía exactamente a lo que Marcos esperaba encontrar.

Levantó una pierna sin esfuerzo y se sentó en la moto. «¡Qué bajita es!», dijo en voz alta, sorprendiéndose, como se había sorprendido en las contadas ocasiones en que había hecho ese mismo gesto a lo largo de su vida. Pero nunca había llegado ni a encender el motor.

«Bueno, alguna vez tiene que ser la primera—pensó Marcos Montes—. Disfrutemos de la ilusión, ya que está tan bien construida». No le sorprendió encontrar la llave puesta en el contacto, con el peculiar llavero balanceándose por debajo de ésta; ni le sorprendió que al girar la llave un potente haz de luz surgiera del faro, como si la batería de la moto estuviera recién cargada, mientras que un resplandor suave y rojizo iluminaba las rocas a su espalda, intensificándose cuando apretaba la leva del freno. Lo que le sorprendió, por lo agradable, fue la vibración que animó toda la moto en cuanto apretó el botón de arranque, poniendo en marcha el motor a la primera solicitud, sin ronroneos ni vacilaciones, sin ruidos mecánicos disonantes. Era una vibración grave y amortiguada, pero intensa, que transmitía una noble sensación de potencia; y la acompañaba un característico detonar de los tubos de escape, un petardeo acompasado que a él, como buen aficionado a las motos, le sonaba a música celestial.

Cuando Marcos miró de nuevo hacia delante, se dio cuenta de que el faro de la moto iluminaba, o más bien mostraba, algo en lo que no había reparado antes, por permanecer sumido en la oscuridad. La cueva no se acababa ahí, a unos metros de la rueda delantera, sino que se abría a un túnel más ancho y de formas más regulares, y al parecer recto, pues el haz del faro se perdía en la lejanía, sin revelar ningún obstáculo.

«Está claro lo que se espera de mí en este momento—pensó Marcos Montes—, sólo falta un letrero con una mano señalando hacia allí. Y además, al fin y al cabo, es lo que yo deseo, ¿no?, investigar, descubrir los límites de este juego. Pues vamos allá». Pero lo que en realidad le impulsaba a emprender aquel viaje, la motivación última, que intentaba justificar con sus sesudos razonamientos, era el deseo adolescente, pueril, irresponsable, de conducir aquella motocicleta.

Apretó el embrague y engranó la primera velocidad, con un sonoro «clonc» surgido de las profundidades del motor, acompañado incluso de un pequeño impulso de la moto hacia delante. «No se han olvidado ni un detalle», pensó Marcos, que conocía la causa mecánica concreta de ese comportamiento.

Gritando hacia las paredes un irónico «¡Muy bien, tíos, lo habéis hecho muy bien!», Marcos Montes soltó el embrague lentamente, abandonó la reducida gruta agachando la cabeza e ingresó en el túnel, ya más espacioso, mientras el acelerado latido del motor, transmitido ahora a toda la carrocería, le empujaba hacia delante con una placentera aceleración que le obligaba a sujetarse firmemente al manillar.

Marcos fue engranando las sucesivas velocidades, y la moto iba cada vez más rápida, al tiempo que la vibración se hacía más suave y amortiguada. El terreno ayudaba, porque el túnel iba cambiando progresivamente su aspecto, a medida que los hectómetros saltaban perezosamente en el redondo cuentakilómetros, con su iluminación azulada. El suelo se hacía cada vez más liso y horizontal, y las paredes más regulares, más geométricas, de modo que Marcos no tardó en encontrarse circulando por un túnel claramente excavado, más espacioso que las típicas galerías de la mina, y con un techo abovedado que recordaba más a los clásicos túneles de carretera. El parecido se acentuó más cuando el suelo de piedra pasó a ser de tierra lisa y aplanada; y poco después apareció una capa de asfalto, precaria primero, grisácea, para convertirse finalmente en una carretera de doble dirección, con un asfalto oscuro y liso que la moto agradeció de inmediato, e incluso con la línea divisoria y la de los arcenes pintadas con una luminosa pintura blanca. El túnel era ahora muy espacioso, forrado de hormigón, y la moto se deslizaba por el impecable asfalto con extraordinaria suavidad, el motor ronroneando sin esfuerzo en quinta velocidad.

Pero, de momento, el faro de la moto no alumbraba otra cosa que túnel y más túnel. Con innecesaria corrección, Marcos conducía por la derecha, por costumbre, por su carácter estricto y disciplinado. De pronto se dio cuenta del absurdo que eso significaba, y cuando había empezado a pasar libremente de un carril a otro, trazando perezosas eses, vio algo al final del túnel que llamó su atención. Aquello era luz. Sí, tenía que ser luz, una potente iluminación, lo que se acercaba cada vez más definiendo la forma del túnel, compitiendo con el amarillento haz del faro, para superarlo y ahogarlo en una radiante claridad.

Antes de que Marcos pudiera darse cuenta, rodaba en el central de tres carriles, asaeteado por la luz blanca de interminables hileras de pantallas fluorescentes que recorrían la bóveda del techo y las paredes, que se reflejaban huidizas, como un flujo, en los abundantes cromados de la moto, en su brillante pintura.

Marcos retorció el puño de gas, y la moto aceleró perezosamente, tomándose su tiempo, con el tacto de una goma que primero se tensó, y al final acabó catapultando máquina y piloto hacia delante, a 150 por hora, en el límite de su señorial velocidad punta.

Ahora Marcos tenía prisa. Ya sabía dónde estaba; había reconocido esta última parte del túnel, como no podía ser menos, pues lo había recorrido infinidad de veces años atrás, no con aquella moto, sino con otra más modesta, o en vehículos de cuatro ruedas. Pero el tramo era inconfundible, y además Marcos sabía algo mucho más importante: sabía a dónde iba, a dónde llevaba aquella carretera. Sabía a dónde «tenía» que ir, y en qué lugar exacto tenía que parar, cerrar el contacto y aparcar la moto. Le daba miedo, pero sabía que no tenía escapatoria, y lo mejor era acabar cuanto antes con aquello. Por eso aceleró, esperando con impaciencia el final del túnel, que ya sabía cercano. «Al menos —pensó— podré ver de una maldita vez la luz del día». Y en el mismo momento, los tres carriles se poblaron de coches circulando a diferentes velocidades, devorando los kilómetros con avidez, rodando, como él, hacia la salida del túnel.

El cielo estaba radiante y azul, sin una nube, pero no le deslumbró la luz del día cuando salió al aire libre. El sol caía ya hacia el horizonte, y la autopista discurría entre montañas que ocultaban sus rayos y mantenían en sombra la calzada. Marcos redujo la velocidad. Algo le decía que nada ocurriría si se estampaba contra uno de los muchos coches que circulaban a su alrededor, o contra un guardarraíl; que la moto seguiría como si tal cosa, con su conductor indemne, ignorando un incidente que no entraba en los planes, que no podía alterar el destino último de su viaje. Pero, por lo que pudiera pasar, decidió no probar suerte, y rodó a velocidad moderada por el carril más lento, dispuesto a saborear los pocos minutos, los veinte o treinta kilómetros que le quedaban para contemplar un paisaje no por conocido menos agradable.

El mar apareció fielmente, allí donde Marcos lo esperaba, al fondo de una verde planicie, entre cerros domesticados, con el azul intenso de las tardes de primavera. Después las montañas, de vegetación rala, mostrando las cicatrices de sucesivos incendios; viaductos altísimos, vertiginosos; y más túneles, y de pronto otro atisbo del mar, el último, antes de derivar hacia el interior. Y después, en la prolongada subida, ese sabor en la boca, ese olor; la sequedad de la llanura barrida por el sol, en comparación con la umbría y la brisa marina de la costa.

Todo eso lo había sentido Marcos antiguamente, y ahora lo reconocía sin ninguna dificultad. Lo que no dejaba de sorprenderle era la vertiginosa velocidad a la que circulaban los coches, las imprudencias que cometían, las airadas protestas que le dirigían los conductores, porque se había despistado contemplando el paisaje, y la moto se había ido durmiendo en la subida, hasta llegar a una velocidad demasiado parsimoniosa.

Marcos exprimió de nuevo el puño de gas, y la moto reaccionó de mala gana, con un ronquido de protesta. «¡Caramba!—pensaba Marcos—, ya no me acordaba de lo rápido que se iba hace veinte años… ¡Y las burradas que hacía la gente! Ya hicieron bien, ya, en endurecer las normas».

«¿Cómo puedo pensar en esas cosas yendo a donde voy?—pensó de pronto—. No deben de faltar ni cinco minutos, y yo aquí…». Pero lo que vio en ese momento le distrajo de sus reflexiones. La subida se había terminado. Allí estaba, dormida en el medio del paisaje: la ciudad dorada. Era un nombre íntimo, romántico, que le daba él en su juventud, y que de algún modo había preservado en su interior. Bien sabía él, lo sabía hacía veinte años, que en la proximidad, la mítica ciudad dorada degeneraba en un paisaje suburbial de cuadrados bloques de pisos, los hangares de las bodegas, y un núcleo urbano con plátanos y avenidas provincianas. Pero era cierto que en la tarde, desde la autopista, bañada por la opulenta luz del sol poniente, adquiría un engañoso aspecto de ciudad oriental que espera al viajero en mitad del desierto, bañada en polvo de oro, erizada de agujas y cúpulas resplandecientes.

Marcos pensó en una época de su vida, la más triste y solitaria, en que jugueteó con la idea de escribir una novela que por fuerza tendría que conmover al mundo entero, en la que narraría su desdichada historia de amor con Marina, para así rescatarla del olvido. Nunca llegó a escribir más allá de un borrador de la primera página, en un frustrante ejercicio que acababa sumiéndole en la depresión. Pero siempre había pensado que su novela empezaría así, con un Marcos romántico y apasionado cabalgando a lomos de su moto—o en aquella furgoneta que siempre se estropeaba—, aproximándose a la ciudad dorada mientras su corazón latía cada vez con más fuerza, a medida que se fundía con el oro de la tarde.

Marcos apartó de su mente esos recuerdos tristes, empalagosos, y enfiló el carril de salida reduciendo una a una las velocidades. En la carretera que ahora recorría faltaban algunos elementos—rotondas, naves industriales, alguna que otra vía—que él había integrado ya en el paisaje; pero aparte de esas pequeñas omisiones, las direcciones eran las mismas, y Marcos encontró el camino sin dificultad.

La antigua carretera se convertía en la avenida principal. Marcos rodó por ella apenas unos segundos, acelerando para salvar los semáforos, y al llegar a un cruce insignificante giró hacia la derecha, metiéndose por una calle estrecha y llena de tiendas, con mucho tránsito de peatones. Ahora sí que estaba nervioso. El corazón le latía con desmesurada violencia. «No más—pensó de pronto para animarse—que cuando hacías este mismo recorrido con diecinueve años…, también entonces el corazón se quería salir del pecho como un pajarillo asustado. Y entonces no estabas metido de lleno en un… fenómeno paranormal o lo que sea esta historia». Iba tan distraído que no reparaba en las miradas de odio y las actitudes escandalizadas de algunos peatones, que no veían con buenos ojos la irrupción de aquella moto en un espacio teóricamente vedado al tráfico.

Finalmente llegó a una placita cuadrada, con una cenefa de árboles y unos cuantos bancos. Aparcó la moto de cualquier manera, sin retirar siquiera la llave del contacto. Ahí estaba Marina, en el banco de siempre; la había visto desde el primer momento; desde que, todavía sobre la moto, dobló el recodo de la plaza con el ansia y la agonía impresa en la mirada.

Ella estaba de espaldas, como siempre; Marcos sólo veía sus hombros y su cabellera rizada. Nunca, en ninguna ocasión, había vuelto la cabeza antes de que él llegara al banco. No lo hizo esta vez. Mientras se acercaba a ella con la respiración acelerada, Marcos reparó por primera vez en su traje de minero, no sólo sucio sino por definición feo y desaliñado. «No creo que el traje sea lo importante», pensó para sus adentros, y a continuación dijo en voz alta: «Marina», al tiempo que tocaba el respaldo del banco con una mano.

Marina se volvió.

—¡Marcos! Pensaba que ya no venías... Pero... ¿qué te pasa?

Marcos no acertaba a pronunciar palabra. Le había impresionado muchísimo ver de nuevo a Marina, después de tantos años. «¡Dios mío! Es... no es más que una niña... Yo la recordaba..., la veía diferente. Pero claro, son catorce años, y ni siquiera es una chica voluptuosa, como otras de su edad... ¡Pero yo la veía diferente! El amor... el amor me hacía verla... Pero no, no es sólo eso..., hacemos crecer a los muertos, los hacemos madurar a nuestra imagen, sin darnos cuenta; los equiparamos a los otros, a las personas que se movían a su alrededor y han permanecido, y la vida los ha ido gastando y endureciendo, como a nosotros».

—¿Qué te pasa, Marcos?

—Nada..., nada..., tú... tú sabes quién soy...

—Pues, claro, tonto, te conocería con los ojos cerrados.

—Pero yo... yo estoy diferente... ¿Qué recuerdas? ¿Qué recuerdas de antes?

—Sí, estás diferente. Pero eres tú. Eso es lo que importa, ¿no? Ven, siéntate a mi lado, es nuestro banco, todo está igual que antes.

—Marina, ¿qué recuerdas? ¿Qué recuerdas de antes? ¡Por favor!

—No pienses en eso. Yo… lo recuerdo, claro que lo recuerdo; recuerdo lo que tú hiciste, lo que hice yo después. Éramos muy tontos, nos hicimos daño por inexperiencia, no por maldad.

—Yo tenía diecinueve años.

—¡Pero si eras más crío que yo!

—Sí, era un crío; un crío capaz de hacer mucho daño; un idiota que consiguió que la chica que le quería se quitase la vida.

—No te atormentes. Fue un accidente, en verdad no quería…

—¡Si ni siquiera saqué ningún provecho de aquella relación!, ningún placer de ese… ese absurdo rollo con… Y lo más triste es que todavía te quería, a ti, con toda mi alma.

—Los dos cometimos errores. Yo también era muy exagerada. Demasiado romanticismo… Pero ahora podemos remediarlo, ahora tenemos una segunda oportunidad… Mira, no sé quién nos ha puesto aquí, no sé si es Dios o… yo qué sé, me da igual quién sea. Pero ¿por qué no aprovechar la oportunidad? Ahora tenemos la experiencia, tú me querrás de otra manera, y yo… yo no seré tan tonta.

—Pero esto no es real, no… no es más que una ilusión.

—¿No te parezco real?

Marina adelantó una mano y tocó suavemente la mejilla de Marcos. Fue un contacto muy leve, apenas un roce de las yemas de los dedos, pero él se estremeció como si una corriente eléctrica le llegara hasta las entrañas.

—Eres demasiado real, pero… ¡estás muerta, por Dios! Esto no tiene sentido.

—¿Y la vida? La vida absurda y de verdad que tuvimos ¿tiene algún sentido? ¿Tiene algún sentido que dos personas que se quieren…?

—Así es la vida. Todos estamos incompletos, todos hemos dejado cadáveres por el camino, aunque sólo sean nuestras propias ilusiones.

—Pero «aquí» no funcionan esas leyes. Aquí podemos mejorar lo que hicimos mal. Podemos querernos mejor…, de forma más completa. Éramos demasiado románticos, no pensábamos en nuestros cuerpos…

Marina se había inclinado hacia Marcos buscándole la mirada, mientras sus rodillas caían muellemente hacia un lado. No había nada realmente insinuante en ese gesto, pero Marcos miró furtivamente la curva de la cadera tensándose bajo el pantalón, y sintió un vertiginoso latigazo de carnalidad.

—Esto no tiene sentido. Tú eres una niña, y yo… yo soy un hombre.

—¿Crees que no eres joven?... Mírate.

Marcos tuvo una extraña sensación, en todo su cuerpo, que le hizo ponerse en pie bruscamente. No quería mirarse las manos; no quería tocarse la cabeza, le daba miedo. No se atrevía ni a moverse; pero el mono de minero le colgaba flojo en torno al cuerpo; y el dolor de la rodilla, tan habitual que ya estaba integrado en su percepción, había desaparecido dejando un hueco de total anestesia. Le parecía que oía todo, los ruidos de la calle, con mucha más nitidez; y sus tobillos, sin ninguna duda, estaban soportando menos peso.

—¡No, mierda, no! ¡No quiero!—gritó de pronto—. ¡Quiero volver al presente! Estoy casado, voy a ser padre, ¡quiero volver al mundo real!

Se dio la vuelta instintivamente, dispuesto a caminar hacia la moto; pero no había dado dos pasos cuando la luz decreció bruscamente, como si la noche hubiera caído de golpe, y a continuación todo lo que le rodeaba, la plaza, los árboles y los bancos, desaparecieron tragados por las sombras. Marcos se quedó inmóvil; no veía nada en aquella total oscuridad; el suelo parecía irregular bajo sus pies; y sus tobillos volvían a estar cargados con ochenta kilos de peso. Estuvo así un tiempo indeterminado, oyendo el zumbido con el que sus oídos le obsequiaban en situaciones de silencio—otra prueba de que volvía a tener cuarenta años—, y de pronto le pareció que sus ojos detectaban un fulgor fantasmal, apenas perceptible, pero cálido.

El fulgor se fue definiendo y aumentando de intensidad, insinuando los perfiles de los objetos que tocaba, y finalmente Marcos comprendió que estaba de nuevo en la cueva, y que sus ojos se iban habituando lentamente a la penumbra; y el oro seguía allí, en la otra punta, alumbrando la gruta, mientras que la moto de sus deseos había desaparecido, como una certificación de que su viaje de vuelta a la realidad ya no tenía retorno.

Casi a tientas primero, pues el suelo permanecía completamente en sombra, y con más decisión después, Marcos caminó hacia la zona central de la cueva, en donde sabía que estaba el agujero por el que había entrado. «Le explicaré a Gabriel lo que he descubierto—iba pensando—. Tenemos que salir de aquí cuanto antes».

Pero cuando pudo ver a Gabriel se llevó un sobresalto, por lo demás fugaz, apenas el tiempo de entender lo que estaba viendo. «Vaya—pensó Marcos—, parece que no sólo le gusta el oro a nuestro amigo africano…». Dos mujeres rubias, de piel blanca, agasajaban a Gabriel rodeando su cuerpo, ofreciéndole bebidas y alimentos que desbordaban de bandejas y cálices ahora llenos, untando su torso desnudo—el mono de minero se amontonaba en su cintura—con pomadas y aceites sacados de otros tantos tarros. Al parecer, las mujeres habían encontrado su indumentaria entre las piezas del propio tesoro, pues tan sólo algunas joyas cubrían parcialmente sus cuerpos. Marcos pensó que el gusto de su amigo por las formas rotundas era un tanto excesivo, y que no había pensado precisamente en las mujeres de su raza a la hora de buscarse concubinas. Pero tenía algo más importante que decirle.

—Salgamos de aquí, Gabriel—dijo alzando la voz—. Todo esto no es más que una ilusión; no es real; se desvanecerá si tú lo pides. Aquí… aquí nos dan aquello que más hemos deseado, pero…

—¿Qué dices? Tú loco—respondió Gabriel apartando por unos instantes los solícitos brazos de sus compañeras—. Ya no hace falta volver arriba. Ahora más sencillo. Aquí lo tenemos todo… ¿Por qué volver arriba?

—¡Porque esto no es real! Tenemos que explicar lo que pasa aquí y… y que alguien lo estudie. Tal vez hemos hecho un descubrimiento que…

—Tú siempre pensar. Demasiado pensar. Quédate aquí y compartimos mujeres.

—Bueno, pues si no quieres venir, ahí te quedas—dijo Marcos un tanto exasperado, pensando que no tardarían en volver a rescatarle. Y a continuación se agachó en busca del agujero de salida; lo encontró; reptó durante unos segundos por las estrecheces ya conocidas; y por fin abrió los ojos a la oscuridad total de la galería.

LA LUZ

El retorno a las galerías en sombra le resultó extrañamente acogedor. Aquí ya no había tentaciones, ni dolorosos dilemas, ni reaparecían fantasmas del pasado; aquí sólo estaba la geométrica red de túneles, con su previsible ramificación trazada a tiralíneas. Marcos estaba convencido de poder reconstruir en sentido inverso el trayecto que había hecho con Gabriel para llegar hasta la cueva. Y efectivamente así ocurrió.

El recorrido no le deparó ninguna sorpresa; pero él iba preocupado; lo único que deseaba era llegar cuanto antes a la sala de acopio. Temía que hubiera transcurrido mucho tiempo, más incluso del que él había «vivido» dentro de aquella cueva, y que todos se hubieran marchado ya, y a esa hora estuvieran a salvo en la superficie. Luego pensó que aquello no tenía sentido, porque sus compañeros los habrían echado en falta, a los dos, al ver que no respondían en el momento de ser llamados. Esta posibilidad tampoco le resultaba muy halagüeña; prefería que su aventura en la cueva pasara desapercibida, al menos de momento, pues estaba convencido de haber descubierto un extraño fenómeno, de naturaleza misteriosa y desconocida, y quería pensar con mucha calma a quién se lo comunicaría. «¿Y si lo que pasa es todo lo contrario?—pensó al final—. ¿Y si resulta que mientras yo hacía todo ese viaje, y examinaba la cueva, y hablaba con Marina y todo eso... aquí no ha pasado ni un segundo? En ese caso podría reincorporarme al grupo sin que nadie se entere de nada».

De cualquier manera, muy pronto iba a salir de dudas. Sabía que estaba llegando a la sala de acopio porque la pared se curvaba hacia la derecha; y ahora estaba trazando esa curva. Entonces vio unas luces, unas luces que se movían inquietas, como polillas en torno a una farola enrejada. Tres pasos más allá, comprendió qué era lo que estaba viendo. La farola era el elevador de extracción, en el que había un foco fijo de una cierta intensidad, y las polillas eran hombres que trajinaban con linternas sujetas en la frente, acarreando algo hacia la plataforma elevadora. El foco miraba directamente hacia él, y le deslumbraba sin aportarle mayor información, y las linternas, con su delgado haz de luz, no alumbraban más que la pequeña zona a la que se dirigían en cada momento, de modo que la sala y toda la unidad de acopio permanecían sumidas en la oscuridad. Pero Marcos se dio cuenta enseguida de que ya no quedaba nadie en la unidad, nadie aparte de aquellos hombres que metían algo, una especie de mesa con ruedas, en la plataforma del elevador.

Marcos aceleró el paso. Los hombres eran tres, y no eran mineros, no llevaban el mono característico.

Marcos corrió, porque aquellos tipos parecían muy dispuestos a cerrar las rejas y salir pitando hacia arriba, ahora que ya habían metido aquello en el montacargas. Se coló en el último momento, un segundo antes de que el más alto cerrara las puertas.

—Soy Marcos Montes, del catorce once—dijo jadeando—, supongo que me han llamado antes, pero… me he despistado por ahí.

Nadie se molestó en responderle. Los tres hombres parecían muy atareados en ajustar todas las puertas y los seguros. Y además se notaba que tenían prisa en arrancar cuanto antes. Después, cuando los estratos de roca ya desfilaban parsimoniosamente hacia abajo, el mutismo de aquellos hombres continuaba. Marcos miró en derredor, y sólo halló un panorama de miradas bajas y quietud impaciente, de incómoda espera; todo ello iluminado por la luz fría y un tanto siniestra del único foco situado en el suelo. Observó entonces en el objeto grande que los tipos habían metido dentro, y en el que hasta el momento no había querido fijarse.

«¡Aivá!—pensó de pronto Marcos, dándose una palmada mental en la frente—. ¡Me ha tocado subir con el fiambre!». Efectivamente, lo que desde lejos le pareció una mesa con ruedas, era en realidad una camilla con un cuerpo humano tendido encima, cubierto con una manta innecesariamente térmica. Y Marcos pensó que el mutismo de los sanitarios—de eso eran sus llamativos uniformes—no era huraño ni antipático, sino el debido respeto que se ha de mantener en presencia de un cadáver, y más si es tan reciente. «Así que era cierto lo que oímos antes. Al final palmó alguien… Claro; han dejado al muerto para el final…, ahora ya están todos arriba».

Marcos pensó que no tenía sentido intentar explicarles nada a aquellos hombres, que poco o nada debían de saber de las cuestiones de la mina. Decidió que no intentaría justificar su tardanza, ni tampoco diría nada acerca de Gabriel, de cuya presencia todavía en la mina venía dispuesto a avisar cuanto antes. «Ya se lo haré saber arriba a quien más corresponda», decidió al final, y se dedicó a mirar el extraño espectáculo de la roca toscamente excavada, cambiante, pasando fugazmente por el círculo de luz que proyectaba el foco tirado en el suelo.

«Es curioso—pensaba Marcos—, todo el mundo se queda mudo cuando sube en uno de estos trastos, y no se le desata la lengua hasta que no ha salido de la plataforma. Ahí se ve la confianza que tenemos en nuestra tecnología».

En ese mismo instante, como para contradecirle, uno de los hombres habló:

—Pobre tipo—dijo mirando a la camilla con un breve meneo de cabeza—, se ve que deja un niño. Acababa de ser padre…

—No. Iba a ser padre. A mí me han dicho que iba a ser padre—replicó otro camillero.

«Está claro que no son mineros—pensó Marcos Montes—, si no, no habrían hablado». Pero lo que dijo fue bien diferente:

—No es lo mismo una cosa que otra. Os lo aseguro yo, que precisamente espero un hijo.

Pero entonces ocurrió un fenómeno que les distrajo a todos de su charla. La luz del día se colaba ya por el hueco del elevador, iluminando sus cabezas, rivalizando con la luz del foco, apagándola.

—Ahora viene lo peor—dijo el camillero que aún no había hablado—, lo de los familiares... Siempre me pone malo.

—Gajes del oficio—le respondieron, mientras el nivel del suelo pasaba por delante de sus ojos.

Habían apartado a la muchedumbre de curiosos detrás de la reja exterior. Pero frente a la puerta del montacargas esperaban unas pocas personas.

«El gerente de la mina—iba reconociendo Marcos, mientras los camilleros descorrían los cerrojos—... el otro no sé quién es. ¡Y mi suegra! ¿Qué hace aquí mi suegra? ¡Y Felipe! ¡Si estaba en París! Y Marga, claro. ¡Les han dejado pasar! A ellos les han dejado pasar... Pero... ¿qué pasa?, ¿por qué pone esa cara? ¡No deja de llorar, no me ha visto la muy tonta! ¡No hace más que mirar la camilla y ¡se ha vuelto loca! ¡Se va a caer!».

Entonces, mientras su hermano Felipe y el director de la mina sujetaban a su mujer, intentando calmarla, Marcos Montes notó que se elevaba por encima de todas aquellas cabezas agitadas, y que de hecho estaba presenciando la escena desde una visión cenital, tres o cuatro metros por encima, justo en la vertical de su cuerpo sin vida, tumbado en la camilla.

FIN

ESTA EDICIÓN, PRIMERA, DE «MARCOS
MONTES», DE DAVID MONTEAGUDO,
SE TERMINÓ DE IMPRIMIR
EN CAPELLADES EN EL
MES DE OCTUBRE
DEL AÑO
2010

Colección Narrativa del Acantilado

1. PETER STAMM *Agnes*
2. JUAN ANTONIO MASOLIVER RÓDENAS *La puerta del inglés*
3. RING LARDNER *A algunos les gustan frías*
4. SŁAWOMIR MROŻEK *Juego de azar* (2 ediciones)
5. IMRE KERTÉSZ *Kaddish por el hijo no nacido* (4 ediciones)
6. STEFAN ZWEIG *Veinticuatro horas en la vida de una mujer* (11 ediciones)
7. ITALO SVEVO *Senectud* (3 ediciones)
8. ARTHUR SCHNITZLER *La señorita Else*
9. INMACULADA DE LA FUENTE *Años en fuga*
10. STEFAN ZWEIG *Novela de ajedrez* (10 ediciones)
11. FRIEDRICH GLAUSER *El reino de Matto*
12. HARTMUT LANGE *Otra forma de felicidad*
13. A.G. PORTA *El peso del aire*
14. J.M. SUASSI *Recuperación*
15. IMRE KERTÉSZ *Sin destino* (11 ediciones)
16. MAURICIO MONTIEL FIGUEIRAS *La penumbra inconveniente*
17. LÁSZLÓ KRASZNAHORKAI *Melancolía de la resistencia*
18. JAKOB WASSERMANN *El hombrecillo de los gansos*
19. JOSEPH ROTH *La tela de araña* (3 ediciones)
20. BERTA VIAS MAHOU *Ladera norte*
21. STEFAN ZWEIG *Carta de una desconocida* (12 ediciones)
22. PETER STAMM *Lluvia de hielo*
23. LUIGI PIRANDELLO *La tragedia de un personaje*
24. BENJAMIN CONSTANT *Adolphe*
25. ANA PRIETO NADAL *La matriz y la sombra*
26. JOSEPH ROTH *La cripta de los Capuchinos* (3 ediciones)
27. ALBERTO ESCUDERO *El estenotipista en la Academia Universal*
28. ILF & PETROV *El becerro de oro*

29. STEFAN ZWEIG *Los ojos del hermano eterno* (7 ediciones)

30. JULIÁN AYESTA *Helena o el mar del verano* (6 ediciones)

31. JAKOB WASSERMANN *Caspar Hauser*

32. JAVIER CERCAS *El inquilino* (5 ediciones)

33. SŁAWOMIR MROŻEK *La vida difícil* (2 ediciones)

34. GÉRARD DE NERVAL *Sylvie* (3 ediciones)

35. INKA PAREI *La luchadora de sombras*

36. DIDÓ SOTIRÍU *Tierras de sangre*

37. STEFAN ZWEIG *La embriaguez de la metamorfosis*
    (5 ediciones)

38. JAMYANG NORBU *Los años perdidos de Sherlock Holmes*
    (3 ediciones)

39. VÍCTOR CHAMORRO *La hora del barquero*

40. VERGÍLIO FERREIRA *En nombre de la tierra*

41. JOSEPH ROTH *Fuga sin fin* (2 ediciones)

42. JENS PETER JACOBSEN *Niels Lyhne*

43. IMRE KERTÉSZ *Fiasco*

44. FRIEDRICH GLAUSER *Schlumpf, Erwin: Homicidio*

45. ÁDÁM BODOR *El distrito de Sinistra* (2 ediciones)

46. A.G. PORTA *Singapur*

47. SŁAWOMIR MROŻEK *Dos cartas*

48. JAVIER MIJE *El camino de la oruga*

49. ANNA DANKÓVTSEVA *Un paso en falso*

50. STEFAN ZWEIG *Amok* (4 ediciones)

51. JEFFREY MOORE *Una cadena de rosas*

52. ATTILA BARTIS *La calma*

53. QUIM MONZÓ *Tres Navidades*

54. ARTHUR SCHNITZLER *El destino del barón Von Leisenbohg*

55. ANDRZEJ STASIUK *El mundo detrás de Dukla*

56. NATALIA GINZBURG *Querido Miguel* (2 ediciones)

57. PETER STAMM *Paisaje aproximado*

58. SŁAWOMIR MROŻEK *El árbol*

59. FULGENCIO ARGÜELLES *El palacio azul de los ingenieros belgas* (3 ediciones)

60. ANTONIO FONTANA *El perdón de los pecados*

61. JOSEPH ROTH *Hotel Savoy* (3 ediciones)

62. ARTHUR SCHNITZLER *El regreso de Casanova* (3 ediciones)

63. LUIGI PIRANDELLO *Uno, ninguno y cien mil*

64. JERZY PILCH *Casa del Ángel Fuerte*

65. ZSUZSA BÁNK *El nadador*

66. ALEKSANDAR TIŠMA *El Kapo*

67. STEFAN ZWEIG *Ardiente secreto* (4 ediciones)

68. SŁAWOMIR MROŻEK *El pequeño verano*

69. EMPAR MOLINER *Te quiero si he bebido* (2 ediciones)

70. BUDD SCHULBERG *El desencantado*

71. JAMES THURBER *La vida secreta de Walter Mitty*

72. EÇA DE QUEIRÓS *La reliquia* (3 ediciones)

73. HERBERT ROSENDORFER *Cartas a la antigua China*

74. MARTÍN DE RIQUER *Vidas y amores de los trovadores y sus damas*

75. WILLIAM SAROYAN *El joven audaz sobre el trapecio volante*

76. WILLIAM SAROYAN *La comedia humana* (4 ediciones)

77. ARTHUR SCHNITZLER *Morir*

78. ANDRZEJ STASIUK *Nueve*

79. LÁZARO COVADLO *Criaturas de la noche*

80. ALEKSANDAR TIŠMA *A las que amamos*

81. W. H. HUDSON *La tierra purpúrea* (2 ediciones)

82. ÁDÁM BODOR *La visita del arzobispo*

83. EMPAR MOLINER *Busco señor para amistad y lo que surja*

84. STEFAN ZWEIG *Noche fantástica* (2 ediciones)

85. DANIEL KEHLMANN *Yo y Kaminski*

86. ALFRED POLGAR *La vida en minúscula*

87. STEFAN CHWIN *El doctor Hanemann*

88. JERZY PILCH *Otros placeres*

89. WILLIAM SAROYAN *Me llamo Aram*

90. MIJAÍL ZÓSCHENKO *Matrimonio por interés y otros relatos (1923-1955)*

91. VERGÍLIO FERREIRA *Para siempre*

92. SŁAWOMIR MROŻEK *La mosca*

93. ROSWITHA HARING *Una cama de nieve*

94. MONIKA ZGUSTOVA *La mujer silenciosa*

95. IMRE KERTÉSZ *La bandera inglesa*

96. A. G. PORTA *Concierto del No Mundo*

97. LÁSZLÓ KRASZNAHORKAI *Al Norte la montaña, al Sur el lago, al Oeste el camino, al Este el río* (2 ediciones)

98. JUAN ANTONIO MASOLIVER RÓDENAS *La noche de la conspiración de la pólvora*

99. ROBERTO BOLAÑO Y A. G. PORTA *Consejos de un discípulo de Morrison a un fanático de Joyce* (2 ediciones)

100. STEFAN ZWEIG *La impaciencia del corazón* (5 ediciones)

101. PETER STAMM *En jardines ajenos*

102. SERGIUSZ PIASECKI *El enamorado de la Osa Mayor* (3 ediciones)

103. WILLIAM SAROYAN *Las aventuras de Wesley Jackson*

104. DINO BUZZATI *Sesenta relatos* (3 ediciones)

105. W. H. HUDSON *Mansiones verdes*

106. ALEKSANDAR TIŠMA *El libro de Blam* (2 ediciones)

107. HANS WERNER KETTENBACH *La venganza de David* (2 ediciones)

108. DANILO KIŠ *Una tumba para Boris Davidovich* (3 ediciones)

109. PETER STAMM *Tal día como hoy*

110. JOSEPH ROTH *Job* (2 ediciones)

111. IMRE KERTÉSZ *Un relato policíaco* (2 ediciones)

112. AKIYUKI NOSAKA *La tumba de las luciérnagas Las algas americanas (dos novelas breves)* (2 ediciones)

113. STEFAN ZWEIG *El candelabro enterrado* (3 ediciones)
114. FERNANDO LUIS CHIVITE *Insomnio* (2 ediciones)
115. G. K. CHESTERTON *El hombre que sabía demasiado* (2 ediciones)
116. INKA PAREI *El principio de la oscuridad*
117. EÇA DE QUEIRÓS *El mandarín*
118. JAMES THURBER *Carnaval* (2 ediciones)
119. JOSEPH ROTH *Tarabas*
120. MIJAÍL KURÁYEV *Ronda nocturna*
121. NATHANIEL HAWTHORNE *Cuentos contados dos veces* (2 ediciones)
122. STEFAN CHWIN *La Pelikan de oro*
123. STEFAN ZWEIG *La mujer y el paisaje* (2 ediciones)
124. ALFRED DÖBLIN *Las dos amigas y el envenenamiento*
125. YURI ANDRUJOVICH *Doce anillos*
126. YURI ANDRUJOVICH *Recreaciones*
127. IVAN KLÍMA *Amor y basura*
128. DANILO KIŠ *Circo familiar*
129. HERBERT ROSENDORFER *El constructor de ruinas*
130. JOSEPH ROTH *La rebelión*
131. DINO BUZZATI *El colombre*
132. WILLIAM SAROYAN *Cosa de risa*
133. RUDYARD KIPLING *Relatos* (4 ediciones)
134. MARTIN KESSEL *El fiasco del señor Brecher*
135. ALEKSANDAR TIŠMA *Sin un grito*
136. A. G. PORTA *Geografía del tiempo*
137. MIJAÍL KURÁYEV *Petia camino al reino de los cielos*
138. DANILO KIŠ *Enciclopedia de los muertos*
139. FEDERICO DE ROBERTO *Los Virreyes*
140. SŁAWOMIR MROŻEK *Huida hacia el sur*
141. BUDD SCHULBERG *¿Por qué corre Sammy?*
142. EÇA DE QUEIRÓS *La capital*

143. BERTA VIAS MAHOU *Los pozos de la nieve*

144. IVO ANDRIĆ *Café Titanic (y otras historias)*

145. G. K. CHESTERTON *Los relatos del padre Brown*
(4 ediciones)

146. IPPOLITO NIEVO *Las confesiones de un italiano*

147. ARTHUR SCHNITZLER *Relato soñado* (3 ediciones)

148. RAFAEL ARGULLOL *Lampedusa. Una historia mediterránea*

149. YURI OLESHA *Envidia*

150. NATHANIEL HAWTHORNE *Musgos de una vieja casa
parroquial*

151. ALEXÉI VARLÁMOV *El nacimiento*

152. GREGORIO CASAMAYOR *La sopa de Dios*

153. GABRIEL CHEVALLIER *El miedo* (2 ediciones)

154. B. TRAVEN *El tesoro de Sierra Madre*

155. LÁSZLÓ KRASZNAHORKAI *Guerra y guerra*

156. JUAN MARTÍNEZ DE LAS RIVAS *Fuga lenta*

157. SHERWOOD ANDERSON *Winesburg, Ohio* (3 ediciones)

158. HEIMITO VON DODERER *Los demonios*

159. HIROMI KAWAKAMI *El cielo es azul, la tierra blanca*
(7 ediciones)

160. ANTHONY BURGESS *Vacilación*

161. OGAI MORI *El ganso salvaje*

162. DAVID MONTEAGUDO *Fin* (9 ediciones)

163. B. TRAVEN *La nave de los muertos*

164. DANILO KIŠ *Laúd y cicatrices*

165. JAN POTOCKI *Manuscrito encontrado en Zaragoza*
(Versión de 1810)

166. DINO BUZZATI *Las noches difíciles*

167. MAREK BIEŃCZYK *Tworki (El manicomio)* (2 ediciones)

168. MARIE NDIAYE *Tres mujeres fuertes* (2 ediciones)

169. EMPAR MOLINER *No hay terceras personas*

170. BERNARD QUIRINY *Cuentos carnívoros*

171. PETER STAMM *Los voladores*

172. PÉTER ESTERHÁZY *Sin arte*

173. VERGÍLIO FERREIRA *Cartas a Sandra*

174. JAVIER MIJE *El fabuloso mundo de nada*

175. SŁAWOMIR MROŻEK *El elefante* (2 ediciones)

176. ANDRZEJ STASIUK *Cuentos de Galitzia*

177. RAFAEL ARGULLOL *Visión desde el fondo del mar*

178. PATRICK DENNIS *La tía Mame*

179. JUAN ANTONIO MASOLIVER RÓDENAS *La calle Fontanills*